満月がこの恋を消したとし

蒼　山　皆　水

角　川　書　店

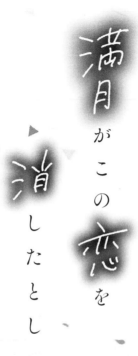

Contents 目次

プロローグ

夢の中の私は、公園を歩いていた。

今よりも、少し幼い自分。

中学生くらいだろうか。

手にはリードを持っていて、リードの先には大きな犬が繋《つな》がれている。

犬なんて、一度も飼ったこともないはずなのに。

だけど、この場所は知っている。近所の自然公園だ。

歩いて行ける距離にある、緑に囲まれた場所。大きな川も流れていて、バーベキューをしている人もよく見かける。

散歩やランニングをしている人に紛れて、私は犬の散歩をしていた。

季節は夏。午前九時過ぎで、気温は上がりきる前だけど、それでもかなりの暑さだった。なるべく木陰を通って歩く。リードを握りしめる手に、ギュッと力が入る。

今日も、会えるだろうか。

楽しみなような、少しドキドキしているような、そんな複雑な感情が、たしかに胸の中にあった。

でも、会えるって、誰に……？

そんな疑問の次に感じたのは、とてつもない罪悪感だった。

誰に対してかは、よくわからない。だけど、一つだけはっきりしていることがある。

私の子どもみたいなわがままのせいで、その人の幸せを奪ってしまった。

夜空に浮かぶ満月を眺めながら、私の心は涙を流していた。

どうしようもない自分の愚かさが許せなかった。

まるで、世界の全部が、深い暗闇の中に沈んでいくみたいだった。

第一章　甲斐春奈の苦悩

何が正解なんだろう。

どんな選択をすれば、誰も不幸にならずにすむのだろう。

1

——ジリリリリリリリリ。

頭上でアラームが鳴り響いた。

意識が、別の場所から現実に戻ってきた感覚。どうやら、夢を見ていたらしい。とても懐かしい夢だった気がする。

アラーム音を頼りに、手探りでスマホをつかんで、アラームを消すと——。

『私には素敵な恋人がいます！』

画面には、そんな一文が表示されていた。

「……んー？」

それを数秒見つめても、上手《うま》く情報を処理できずに、文章の意味をのみ込めないでいる。そもそも朝に弱いというのもあって、なかなか頭が働かない。

とりあえずカーテンを全開にして、太陽の光を浴びる。強い朝陽に、私は目を細めた。

「そっか……昨日は満月の日だった」

寝ぼけていた脳が少しだけ動き始めて、やっと文章の意味を理解する。

そして私は、昨日までの一ヶ月間を振り返って――。

たしかに、恋が消えてしまっていることを確認した。

「あぁ……またか」

弱々しい呟《つぶや》きが、自分の口から漏れる。

切なさのような、寂しさのような、言葉では言い表せない何かが、全身に染み渡っていくようだった。

スマホをタップすると、詳細画面が表示される。

『詳しくは、花蓮《かれん》からのメッセージを参照する！』

指示通りにメッセージアプリを開く。

すると、知らない名前の男子から、こんな文章が送られてきていた。

三森《みもり》［初めまして］

三森［あなたの恋人の三森要人です］

みもり……かなと、だろうか。

聞いたことも見たこともない名前に、心臓の鼓動が強くなるのを感じる。

恋人。一般的には、お互いに想いを寄せる相手のこと。もっと簡単にいえば、好きな人。

つまり、そのメッセージによると、三森要人《かなと》は私のことが好きで、私もまた、三森要人のことが好きだということになる。

私の恋人を名乗る三森要人よりも少し前に、遠野《とおの》花蓮からもメッセージが届いていたので、そちらも見てみる。

同じ高校に通う花蓮は、中学時代からの私の親友で、誰よりも信頼できる人だった。


かれん（遠野花蓮）［三森要人って人からメッセージがきてると思うけど、その人が春奈の彼氏で間違いないよ。春奈の事情も知ってて、受け入れてくれてるから大丈夫。］

……ああ、そういうことか。このメッセージを見て、私はうっすらと状況を理解した。

花蓮からのメッセージの続きには、三森要人のことが簡単にまとめられていた。私はそれを読みながら、のろのろと横になった体を起こす。

今日は日曜日で、学校は休みだった。

午前九時。寝坊はしたいけれど、生活リズムは崩したくない私なりの、ベッドにいることが許されるギリギリの時刻だ。ググググっと背伸びをして、眠気を振り払う。

とりあえず、メッセージに返信をしなくては。

まずは花蓮の方だ。

甲斐春奈《かいはるな》［おはよー　了解です！］
甲斐春奈［いつもありがとね］

毎回こんな感じのことを送っていたはずだ。

恋人を名乗る三森要人の方は……。

甲斐春奈［初めまして　よろしくお願いします］

少し考えたけれど、それくらいしか出てこない。大丈夫だよね……。

私は飛行機のマークをタップして、恋人に送るにしては不適切極まりない文章を送信した。

顔を洗い、歯を磨き、トーストを焼く。平日のだいたい半分くらいのスピードで、朝のタスクをこなしていくと、徐々に動揺が収まってくる。

予想外の出来事があったときこそ、いつも通りの日常を過ごすことを心掛けなくては。

リビングのテーブルに、こんがり焼けたトーストを置いて椅子に座る。

「お父さん、おはよ」

テレビを観ていた父に声をかけた。

「ん」

父が素っ気なく返す。仲が悪いわけではない。父は無口で、これが平常運転だ。

私は父と二人で暮らしている。

約十五年前、私がまだ幼稚園にも入っていないころに、母は事故で亡くなった。

そのときは、まだ人が死ぬことの意味をあまりわかっていなかったし、当時の記憶もおぼろげで、大きなショックを受けずに済んだ。その代わり、私が成長するにつれて、大切な家族がいなくなった悲しみは、少しずつ、心にじわじわとしみ込んでいった。

母が亡くなってから、エンジニアとして働いていた父と、十二歳離れた姉によって、私は育てられた。

不器用ながらも、父が私を大切にしてくれているのはわかる。

姉の七海《ななみ》は結婚して家を出ているが、隣の市に住んでいるので、月に二、三回は会っている。とても優しくて、頼りになる自慢のお姉ちゃんだ。今は文房具メーカーで、営業として働いている。

朝食を食べ終えると、三森要人から返信が届いていたことに気づく。

三森「自己紹介も兼ねて、出かけませんか？　日曜日だし」

敬語混じりの文章は、私との距離感を測りかねているように思えた。

それにしても……これは、デートの誘いということだろうか。

「う～ん。どうしよ……」

私は少し考える。

甲斐春奈［そうしましょう］

結局、そんなメッセージを送信することにした。

不安もあったけれど、せっかくの日曜日なのだ。それに、自称・私の恋人に色々と聞きたいこともある。

何往復かやり取りをして、場所と時間を決めた。

三森［楽しみにしてるね］

何気ないメッセージに、なんだかドキドキしてしまった。

私はこれから、恋人を名乗る男の子に、初めて会いに行く。

2

私には少し、いや、かなり変わった病気がある。

満月の日ごとに、恋に関する記憶がリセットされてしまうのだ。

正式名称は、月光性恋愛健忘症。世界でも数例しかない病気だった。月光性以外にもいくつか存在する『忘恋病』と呼ばれる病気の一種らしい。

忘恋病が発覚したのは、高校一年生の秋だった。

ある男子に告白されて付き合い始めた私は、一週間もしないうちに、その人のことを完全に忘れてしまっていた。それだけでなく、恋人がいたということすら覚えていなかった。

そのときは、親友である遠野花蓮が、私たちがたしかに付き合っていたはずだと証言したことで、自分だけがおかしいのだと確信し、病院で診てもらうことになった。

そのこと自体、自分が体験した出来事というよりも、他人の物語のような形で、私は理解していた。

告白されたことはもちろん、恋人のことを忘れてしまったということすら、今の私は忘れてしまっている。詳細を知っているのは、後から花蓮に教えてもらったからだ。

恋愛に関係しない部分は覚えている。例えば、病院でのこと。恋に関する記憶だけが定期的に消えてしまう病気だと告げられたときは衝撃を受けた。

どのくらい記憶がなくなるのかというと、寝ているときに見る夢に喩《たと》えればわかりやすいと思う。

夢を見たかもしれないけれど、どんな夢かは覚えていないし、夢を見たかどうかすら、曖昧《あいまい》な状態。

恋をしていたかもしれないけれど、相手が誰か、どんなことをしたかは覚えていないし、恋をしていたかどうかすら、曖昧な状態。

そんなふうに、私の記憶は消えてしまう。

記憶は寝ている間になくなっていて、消えるのは決まって満月の日の夜——つまり、だいたい一ヶ月ごと。

ちょっとややこしいのだけれど、自分は恋に関する記憶が消える病気を患っている、ということは忘れないでいられる。

ただ、恋人がいたかどうかは自分でもわからないので、満月のたびに、自分の恋愛事情について確認しなくてはならない。

発症例が少なく、具体的な治療法は見つかっていないけれど、決して治らない病気ではないらしい。

原因は精神的なものがほとんどで、過去に恋愛によって傷ついたというパターンが大多数を占める。わかりやすく言ってしまえば、トラウマというやつだ。

どうやら私は、過去に恋愛絡みの出来事で心に傷を負ったようだ。

まったく心当たりがないのは、そのときの恋の記憶も失ってしまっているからだろう。

定期的に心療内科に通っているが、今のところ、治る見込みはない。

だからといって、悲しんでばかりいても仕方がない。

病気が発覚したとき、この先、もう恋なんてできないのではないかと思ったのはたしかだ。

でも今は、できるだけ前向きに恋をしていこうという気持ちがある。

きっと、周囲の人に支えられて、私は恋をしてきたのだろう。

恋人を名乗る知らない男子からのメッセージに、不安になるのは当たり前だ。

今までだって、恋の記憶を失ったときは、不安だったに違いない。今回もきっと大丈夫だ。自分にそう言い聞かせながら、デートに着ていく服を選んだ。

「お父さん、ちょっと出かけてくるね」

「ん。気をつけて」

「行ってきまーす」

胸中に渦巻く不安を吹き飛ばすように、わざと明るい声を出して、私は家を出た。


白い半袖《はんそで》のシャツに落ち着いたブラウンのフレアスカートというシンプルな服装で、待ち合わせ場所である隣の駅まで歩く。

駅には待ち合わせ時刻の十分ほど前に着いた。球の形をした大きなオブジェが鎮座しており、定番の待ち合わせスポットになっている。周囲を見渡すと、休日ということもあってか、たくさんの人が誰かを待っていた。私の恋人を名乗る三森要人という男の子は、もう着いているだろうか。

相手の顔もわからないので、ぼーっと空を眺めながら待つことにする。

雲一つない快晴だった。九月後半とはいえ、まだまだ暑さは残っている。かといって、八月に比べれば暑すぎるということもなく、湿度もそこまで高くはない。お出かけ日和と言って差し支えない、快適な日だった。

今のうちに、花蓮がまとめてくれた情報を再確認しようと思い、スマホを開いた。

恋人に関する情報は、毎回、花蓮から教えてもらうことにしている。

自分でメモしておいたものを見る方が楽かもしれないが、やはり、記憶にないことが書かれているのは少し怖いし、自分で自分のことが信じられなくなってしまう。

その点、信頼できる友人からの情報であれば、幾分か受け入れやすい。

付き合い始めたのは約一年前で、三森要人からの告白がきっかけ。

三森要人は、私と同じ高校二年生で、同じ学校の理数科。部活には所属していない。映画が好き。中学生の弟がいるらしい。

その他にも、出身中学や血液型、誕生日などが書かれていた。

箇条書きで書かれている情報はあくまで表面上のもので、三森要人という人間の、深いところまではわからなかった。

今日、話してみれば、彼のことが少しはわかるだろうか。

周囲にそれらしき男の子がいないことを確認してから、再びスマホの画面に視線を落とす。

インテリアピールしてくるところがちょっとウザいけど、基本的にはいいやつ。

最後に書かれた花蓮自身の感想に、くすっと笑みがこぼれそうになった。

3

後ろに気配を感じて振り返ると、そこには男の子が立っていた。

「初めまして。三森要人といいます」

駅前に現れた私の恋人は、とても綺麗《きれい》な人だった。男子に対して、綺麗という言葉を使うのもどうかと思うが、ひと目みて思い浮かんだ言葉がそれなのだから仕方がない。

真っ直ぐな眉毛《まゆげ》の下から覗《のぞ》く涼しげな切れ長の目、スッと通った鼻筋、上品な唇。一つひとつのパーツが整っている。髪もサラサラで真っ直ぐだ。

身長は、私よりちょっと高いけれど、見上げるほどでもない。男子の平均くらいかな。女装したら格好良い美人になりそうだけど、骨格にはやっぱり男性らしさがあって——。

「どうかした？」

いけない。じろじろ見すぎてしまった。三森要人が美形だということに驚いた私は、柄にもなく緊張していた。超美形だよ、ってひと言書いておいてくれればよかったのに……などと、花蓮に対する理不尽な恨み言を心の中だけで吐いておく。

「あ、いえ、すいません。えっと、甲斐春奈です」

「知ってるよ」

「あはは。だよね」

私は彼のことを知らないけれど、彼は私のことを知っている。

それは、とても歪《いびつ》な関係性だと思う。

だけど私たちは恋人同士なのだと、少なくとも三森要人と遠野花蓮の二人は証言している。

それなら今は、この状況を受け入れるしかない。

「あの、私の顔に何かついてます？」

彼は私の方を見て、何も言わずに微笑んでいたので、そう聞いてみた。

「ううん。会えたのが嬉《うれ》しくて」

堂々としたストレートな台詞《せりふ》に、私はちょっとびっくりする。

「私も、会えてよかった……です」

嬉しい、とまでは言えないけれど、ひとまず彼が、怖い人とか変な人ではないことが判明して、私は安心していた。

「うん。それに、今日が日曜日なのもよかった。僕のことを知ってもらうのに、一日使えるから」

三森要人はそう言って、また柔らかく微笑んだ。様になるなぁ……。


私たちは近くのファミレスで昼食をとることにした。

私は朝食が少し遅かったこともあり、そこまでお腹は空いていなかったので、控えめにハーフサイズのパスタとドリンクバーを注文した。

食事をしながら、私が花蓮に教わっていたよりも細かいあれこれを、三森要人は話してくれた。

彼の話す内容は主に、私たちの先月までの思い出についてだった。

去年のクリスマスはイルミネーションを見に行って、私がマフラーを彼にプレゼントしたとか、春休みにはテーマパークに出かけて、一日ですべてのアトラクションを制覇したとか。

全部、私の記憶にはないけれど。

「そんな感じかなぁ」

要点がまとめられていて、とてもすっきりした話し方だった。さすが理数科といったところだろうか。

「ところで、一応毎回聞いてるんだけど、春奈って呼んでもいい？」

「うん。大丈夫」

少しくすぐったいけれど、恋人だったら当然だ。わざわざ確認するところに、気遣いが感じられる。

「よかった」

彼は安堵《あんど》したような表情を浮かべた。

どうやら三森要人は、聡明《そうめい》で誠実な男の子らしい。

でもやっぱり、私にとっては初めて会った人だ。

「春奈は何か、聞きたいことある？」

たくさんあったけれど、まずは無難なものから選んでいく。

「えっと……たぶん私の方も記憶が消えるたびに毎回聞いてると思うんだけど、私は三森くんのこと、なんて呼んでた？」

質問しようとして、彼のことをどう呼べばいいのか迷ったため、それを先に聞くことにした。

「ダーリンって呼んでたよ」

「えっ⁉」

「嘘」

お茶目な一面もあるらしい。

「もぉ！　で、本当は？」

おかげで緊張がだいぶほぐれはしたが。

「要人、って普通に呼んでた」

彼は遠くを見るような目をして、過去を懐かしむように答えた。

「ん。わかった。じゃあ要人は、私の忘恋病のこと、理解してくれてるってことで合ってるんだよね？　もしかしたら、これも毎回聞いてるかもしれないけど」

「うん。最初はびっくりしたけどね。付き合って一週間くらいで、恋人のこと全部忘れるなんて」

要人はからっとした笑顔で言った。

「でもそれは、春奈のことを好きじゃなくなる理由にはならないよ」

その言葉に、心臓が音を立てて跳ねた。

とても威力が強い台詞だった。要人の整った容姿も相まって、恋愛ドラマのヒロインになったような錯覚さえ抱く。

だけどすぐに、色々なことを考えてしまう。

それがどれだけ嬉しい言葉だとしても、たったひと言では、今の私の不安をすべて拭《ぬぐ》うことはできない。

「うん、ありがとう。嬉しい」

私は笑って答えた。そうすることが、きっと正解だと思ったから。

「あ、何か入れてこようか？」

空になった私のグラスに気づいた要人が立ち上がる。

「じゃあ、メロンソーダで」

「了解」

ドリンクバーに向かって歩いていく要人の背中を、私はじっと見つめていた。

忘恋病の発覚から、約一年が経とうとしている。

私にとって、恋は一ヶ月ごとに忘れるものというのは、当たり前になりつつあった。

だから今日の朝、知らない男子が私の彼氏を名乗っていても、戸惑いはしたけれど、ある程度冷静に対応することができたのだ。

それに不思議と、忘恋病であることに対してコンプレックスのようなものを、私はあまり感じていないようだった。

きっと今まで、私のことを受け入れてくれた恋人のおかげで、恋に対して前向きになれているのだろう。

『恋の記憶が消えるだけで、積み重ねてきた恋そのものがなくなるわけじゃない』

忘恋病が発覚したとき、私を診察してくれた先生が言っていたことだ。

その意味が、今ならなんとなくわかる。

「はい。メロンソーダ。あれ、どうかした？」

要人が戻ってきた。

「ううん。なんでもない。ありがと」

そのときの記憶がないとはいえ、紛れもなく私は恋をしていた。絶対にまた好きになることができる。そう思っていたし、彼だって、それを受け入れてくれたはずで。

だから私は、胸を張って恋をしようと決めていた。

それなのに、今はどうだろう。

私に、恋をする資格なんてないんじゃないかと思えてくる。

4

「まとめて払っちゃおうか？」

「自分の分は自分で出すよ」

伝票で値段を確認する要人に、私は言う。こういうところで貸し借りは作りたくない。

「ん。じゃあ、八百五十二円」

要人はサラッと暗算してみせた。私は言われた通りに小銭を取り出す。

「やっぱり、理数科ってすごいよね。私、数学とか本当に苦手だからさ。尊敬する。あ、聞き慣れてたらごめんね」

「ううん。何回言われても嬉しいよ。体育の授業がスポ科と合同なのは勘弁してほしいけどね」

スポーツ科もまた、すごい人たちの集まりだ。全国レベルで活躍している選手もいる。うちの卒業生がオリンピックにも出ていたという話も聞いたことがあった。

「それは大変だね」

「この前の体育、長距離走だったんだけど、スタートから三十秒も経たないうちに、集団が綺麗に二つに分かれてさ、笑っちゃったよ」

「何それ。想像するだけで面白い」

「あ、そうだ。スポ科といえば、五十嵐航哉《いがらしこうや》って同級生の男子、わかる？」

スポーツ科の話題で思い出したらしく、要人が私に尋ねた。

「五十嵐……航哉」

私は少し考えてから答える。

「あの、バドミントンの人だよね。有名だし、知ってるよ」

校舎の垂れ幕に名前が出ていたはずだ。

「そうそう。バド部の部長で、しかも全国レベルのやつなんだけどさ、この前、足を怪我しちゃったみたいなんだよね」

「へぇ……そうなんだ。それは、なんというか、残念なことだね」

どういう反応を求めているのかわからず、私は無難に答える。

「うん。春奈……どうかした？」

要人は私の顔を覗き込む。思ったよりも近くて、一瞬、呼吸が止まる。

「え？」

「なんか、浮かない顔してるから。気のせいだったらごめん」

「あ、いや。五十嵐くん、足の怪我は大丈夫なのかなって……」

「どうなんだろ。でも、春奈は優しいよね。別に、関係ない人のことなんて、気にしなくてもいいのに」

ちょっとだけ冷たくなった彼の態度に、私は違和感を抱いた。

「同じ学校だし、関係なくはない……と思う」

言っているうちに自信がなくなってきて、声は小さくなる。たしかに、無関係な人のことまで気にかけていたらきりがない。それはわかるけれど……。

自分のリアクションは不自然だっただろうか、と少し心配になる。

「要人は、五十嵐くんのことが嫌いなの？」

スマートな印象があった彼が否定的な意見を口にするのは意外だったので、私は尋ねてみる。

「ん、そういうわけじゃない。ちょっとやきもち焼いた。不快にさせちゃってごめん」

恋人だったら喜ぶべきところなのだろう。だけど私はまだ、彼のことをほとんど知らない。

「ううん。大丈夫。でも、やきもちなんて焼くんだ」

「うん。春奈のことが好きだからね」

本日何度目かのストレートな表現にびっくりして、私は固まってしまう。

本人に照れている様子はない。だからといって軽薄な発言とも思えず、私は動揺を隠すので精いっぱいだった。

「……それはどうも」

私の照れ隠し混じりの素っ気ない反応を楽しむかのように、要人は微笑みながら、じっと見つめてくる。その真っ直ぐな視線に、上手く呼吸ができなくなる。

「要人はさ……どうして私のこと、好きになってくれたの？」

口に出すのは恥ずかしかった。だけど、どうしても聞いておきたかったことだ。少しでも、不安を解消したかった。

「う〜ん。春奈の好きなところなんて、数えきれないくらいあるよ。例えば、優しいところとか、真面目なところ。それと……友達は多いのに、遠慮して少し壁を作っちゃうところとかも。あと、普段は控えめなのに、いざというときには意外と大胆なところも素敵だと思うし――」

「わかったわかった。もう大丈夫！」

大きめの声が出た。恥ずかしくて、顔に熱が集まるのがわかる。

素直に嬉しいと感じた。だけど、彼の言葉はどこか偽物みたいだとも思った。

私にとっては今日初めて会話をする人だ。だけどちゃんと、心臓は鼓動を速めていて、自分の本当の気持ちがどこにあるのか、わからなくなってくる。

本来なら、もっと喜んだり、同じ気持ちだということを言葉にするべきなのだろうが、残念ながら、私が彼を知ってからまだ半日も経っていない。だから、好意を伝えてもらっても、嬉しい気持ちよりも、戸惑いの方が大きかった。

それだけじゃない。

五十嵐航哉という名前が出てきたことに対する、驚き、不安、そして胸の痛み。

色々なものがぐちゃぐちゃに混ざって、私はちょっとした混乱状態になっていた。

「じゃあ、払ってきちゃうね」

要人は伝票を持って席を立つ。私はグラスに半分くらい残った水を飲みながら、先ほどの要人の台詞を思い出していた。

『春奈のことが好きだからね』

嘘を言っているようには見えなかった。

だからこそ、何もかもがわからなくなる。

いったい、これまでの私は誰に恋をしていたんだろう。

だって、少なくとも昨日までの二ヶ月間は、私の恋人は五十嵐航哉だったはずなのだ。

私に変化があったのは、今から約一ヶ月前、夏休みも終わりに近づいた八月の下旬のことだった。

5

満月の翌日、いつものメッセージが表示されている。

『私には素敵な恋人がいます！』

「あれ……？」

満月によって、恋人との記憶が消えてなくてはならない。

そのはずなのに——どういうわけか、恋人と過ごした日々を、私はうっすら覚えていた。

彼の名前は、五十嵐航哉。同じ学校、同じ学年。スポーツ科で、この夏にバドミントン部の部長になった。優しくて、明るくて、人気者で、とても頼りがいのある素敵な男の子。

他の鮮明な記憶に比べると、航哉との記憶は少しぼやけている。それでもたしかに、彼といた日々を私は覚えていた。しかし、覚えていたのは一ヶ月分だけで、それより前のことは思い出せない。

これは、どういうことなのだろう……。

最初は、忘恋病が治ったのかと思った。喜びかけたとき、すぐにもう一つの可能性に気づく。

航哉への恋愛感情がなくなっているのかもしれない。

忘恋病は、恋の記憶だけが消えてしまう病気だ。つまり、恋をしていなければ、その人との記憶は消えない。

そんなはずはない。だって、私はちゃんと、五十嵐航哉に恋をしていたはずなのだから。

優しくて、格好良くて、何度も私に恋をさせてくれていたはずの航哉のことを、好きじゃなくなるなんて、あり得ない。

すぐに私の忘恋病を診てくれている濱口《はまぐち》医師に連絡し、検査もした。が、結果は変化なし。忘恋病は治っていないという判断が下された。

記憶が戻っていることを伝えたが、濱口医師も、彼に対する気持ちが、恋ではなくなったのではないかと、若干言いづらそうに告げた。

そこから家に帰るまでの間は、何も考えないようにしていた。そうしないと、今にも涙が出てきそうだったから。

自分の部屋のドアを閉めた瞬間、こらえていたものがあふれ出してきた。

「……どうして」

どうして、航哉の記憶が消えていないのだろう。おかしいじゃないか。だって、航哉は私の運命の人だ。こんなに好きなはずなのに。

一ヶ月分の記憶しかないけれど、その一ヶ月だけで、航哉がとても素敵な男の子だということとは、十分すぎるほどにわかっていた。

私にはとてももったいないような、優しさと頼もしさにあふれている人だ。

そんな航哉との夏休みの思い出が、たしかに私の頭の中にある。

かき氷を食べて、頭痛をこらえる二人。

夜空に打ちあがった花火を見る、彼の無防備な横顔。

つないだ手のぬくもり。

誰もいない公園で、頬に触れた柔らかい感触。

「お願い……。消えてよ。航哉との記憶は、消えてなきゃおかしいのに。なんで……消えてくれないの」

涙はとめどなくあふれてくる。

航哉との記憶を一つひとつ振り返るたびに、そのときの幸せな気持ちと、それを飲み込んでしまうような、どす黒い不安が湧いてくる。

恋の記憶が消えるなんて厄介な病気だと思っていたのに、消えていないことで、こんなに苦しむことになるなんて、思ってもいなかった。

色々と考えた結果、私は記憶が消えたふりをして、航哉と接することにした。

五十嵐航哉は、私の記憶どおりの男の子だった。本人の声を聞いて、実際に目にして、やはり先月の記憶が残っていることがわかった。さらに、二人で写っている写真を見せてもらったところ、記憶どおりの私が写っていた。

ここまできたらもう、私は彼のことを覚えているのだと、認めるしかなかった。

覚えているのに忘れているふりをするのは難しかった。たまにボロが出てしまっていたかもしれない。航哉が気づいていたのかはわからない。もしかすると、気づいていたけれど、気づかないふりをしていたのかもしれない。

そうだとしたら、私たちは嘘だらけの恋人だ。

定期健診でも、検査結果に変わりはないと言われた。それがわかっても、私はまだ、実は忘恋病が治っているのだという可能性に縋《すが》ることをやめなかった。

なぜなら私は、五十嵐航哉に恋をしているはずだから。

先月だって、航哉は素敵な彼氏だった。私にはもったいないくらいの。

私たちの関係は、周囲には秘密にしているけれど、本当は自慢したいくらいだ。

だけど――このまま次の満月でも、記憶が消えなかったらどうしよう。

私は不安で仕方がなかった。

きっと、今回は何かの間違いで、次の満月の日には、私の中から航哉の記憶はなくなっているはずだ。必死にそう言い聞かせて、なんとか不安を飲み込もうとする。

それでも、私は頭の片隅に、絶望的な未来を思い描いてしまう。

五十嵐航哉は、私の運命の相手だ。

だからこのまま、いや、今以上に、私は彼に恋をしなくてはならない。

この一ヶ月で、彼のことをもっと好きになる。

そうすれば――次こそはきっと、満月が私の恋を奪うから。

6

「春奈はこのあと、どこか行きたいところある？」

ファミレスを出て、要人が尋ねる。

時刻は午後の二時を少し回ったところだ。

「ん～、隣の駅にできた新しいケーキ屋さんとか」

三ヶ月くらい前に、とても可愛いケーキ屋ができた。ずっと行きたいと思っていたのだ。だけど、行きたかったという気持ちがあるということは、恋をしていたときの私はもしかすると――。

「あぁ。『シエル』ね」

「そう、それ！　要人、知ってるの？」

「前も行ったことあるから」

「あ、やっぱりそうなんだ。ごめんね。私、覚えてなくて……」

私は反射的に謝る。だけど、そのときに私が付き合っていたのは、五十嵐航哉のはずだ。だから今の要人の台詞はきっと嘘だ。それなのに、はっきりと確信できなかった。

果たして、私は本当に、要人と一緒に『シエル』に行ったことがないと断言できるのだろうか。

「ううん、こちらこそごめん。でも、新鮮な気持ちで楽しめるってことだよね。うらやましいな。それに、初めて食べたときの美味《おい》しくてびっくりしてる春奈の顔、もう一回見られるって考えると、僕も楽しみ」

要人は優しく笑う。

「何それ。私、どんな顔してたの？」

「目がまん丸になってた」

「まん丸は言いすぎでしょ」

「そんなことないよ。本当にまん丸だったんだって。証拠写真、見る？」

と、ポケットからスマホを取り出し、要人は慣れた手つきでロックを解除する。

「え……見てみたい」

私たちは歩みを止めて、道の端に寄る。

でも、証拠写真なんてあるわけがない。だって、私と彼は今日が初対面のはずなのだから。

しかし——要人のスマホの画面にはたしかに、ケーキを食べながら目を見開いている私が映っていた。

「……本当だ」

心臓が音を立てて動いている。まったく記憶にない自分の姿に、呼吸が浅くなった。

このとき、私の写真を撮ったのは、本当に目の前の男の子なのだろうか。それとも——。

「でしょ」

「他にも画像見てみたい。ある？」

今の一枚だけでは判断ができそうになかった。

「あるけど、もう見ても大丈夫そう？」

要人はおそらく、忘恋病のことを言っているのだろう。

私は毎月、過去の自分からのメッセージと、親友である花蓮の協力により、恋人がいること、そしてその恋人が誰なのかを知ることになっている。

私は過去に一度、もっと簡単に恋人のことを知ることができるのではないかと思い、実験をしたことがあるらしい。らしい、というのは、当時のことを明確に覚えているわけではなく、そのときに書いたメモを後から見返して、客観的に事実として知ったからだ。

恋人ができてから三ヶ月目。十二月の上旬のこと。恋人との写真やメッセージなどを残しておくことで、記憶を失ったときに、もっとスムーズに自分の状況が理解できるのではないかと考え、私はそれを試してみた。

しかし、それは失敗に終わった。記憶が一切ないにもかかわらず、過去の私が知らない人の隣で笑っていたり、知らない人と親しいやり取りをしていたりすることが、どうしても耐えられなかった。思わず、トイレに駆け込んで吐いてしまった。

恋をしていたときの自分と、その記憶が一切ない自分が、あまりにもかけ離れていて。気持ち悪かったし、怖かった。自分が自分ではないような気がして、誰か別の人間が私に成り代わって生活していたような不快感さえ抱いた。

そのときに見た文章や写真は、もう思い出せないけれど、心と体がバラバラになってしまったような感覚だけは、今でも強く胸に残っている。

だから四ヶ月目以降は、記憶が消える前に、私のスマホの方から、恋人との写真やメッセージ履歴は削除することにしていた。思い出が消えてしまうみたいで寂しいけれど、同じデータは、恋人のスマホには残っている。恋人の存在をある程度受け入れられたタイミングで、写真やメッセージを見せてもらうという手順を踏んでいた。

記憶がリセットされるたびに、たしかに恋だった気持ちを呼び起こすように、私は数日間かけて、恋人のことを少しずつ知って、ゆるやかに好きになっていく。

つまり、今の要人からの「見ても大丈夫そう？」という質問は、記憶にない自分自身の姿を見ても、平静でいられるか、という意味である。

「うん。たぶん、もう大丈夫」

私はそう答えた。自身の状況と、恋人の存在をしっかり認識できたあとであれば、写真やメッセージを見ても問題はない。記憶にない自分の言葉や姿に、どうしても違和感は覚えるけれど。

ただ、今の状況では、どうなるかわからなかった。

私の恋人が、三森要人ではなく五十嵐航哉だという確信は、だんだんぐらつき始めている。

「じゃあ、はい」

要人がスマホを差し出す。そこには、私の知らない私がたくさんいた。

動物園でうさぎを抱っこしていたり、夢中で漫画を読みふけっていたり、ふざけて眼鏡をかけていたり、公園のベンチでアイスを食べていたりした。

どの画像の中でも、私は幸せそうに笑っていた。撮った人のことを好きじゃなきゃ、きっとこんな表情は出てこない。

私は本当に、恋をしていたんだ。

じゃあ、その恋の相手は、誰なんだろう……。

今の時代、画像の送受信なんて実物の写真を手渡しするよりも簡単だ。だから、要人のスマホに、恋をしている私が映っているからといって、私が彼に恋をしていたのだと結論づけることはできない。

「どう?」

要人の呼びかけで我に返る。

「あ、うん。平気。それよりさ、要人と一緒に写ってる写真はないの?」

見せてくれた写真はすべて、私だけが写っているものだった。だから、要人とのツーショットさえあれば、私が誰に恋をしていたかが明らかになる。怖かったけれど、確かめたいという気持ちの方が強かった。

「なくはないけど、ほとんどないよ。僕、写真が苦手なんだ」

困ったような顔で言いながら、要人はスマホをポケットにしまった。

「そうなんだ」

それを聞いて、ホッとしている自分がいた。

どんな結論が出たとしても、私は動揺してしまうだろう。

結局、要人が航哉に代わって私の恋人のフリをしているのか、私が本当に要人に恋をしていたのかはわからなかった。

今わかるのは、自分の知らないところで、何かが起きているということだけだ。

「このあとどうしよっか。もう『シエル』行く？」

要人が話題を変える。

「んー、お昼食べたばっかりだから、もうちょっと経ってからの方がいいかな」

「わかった。じゃあ、いったんどこか別の場所に行こうか」

「そうだね。要人は、どこか行きたいところある？」

「行きたいところ、か……。うん、あるよ」

少し考えるようなしぐさをしたあと、彼は言った。

「じゃあ、そこ行きたい。私、もっと要人のことが知りたい」

その言葉の裏に隠された私の気持ちを、果たして彼は察しているのだろうか。

「わかった。じゃあ、行こう」

そう言って歩き出した彼の、半歩後ろをついていく。

綺麗な横顔を視界に収めながら、私は考えていた。昨日までの私たちは、どういう関係だったのだろう。

本当に恋人だった？　私の記憶の方が間違っているのだろうか。

それとも、無関係の他人だった？　もし他人なのだとしたら、どうして私の恋人として振る舞っているのだろう。

花蓮はどうして、私たちが恋人同士だと、嘘をついているのだろう。

航哉は――昨日まで私の恋人だったはずの人は今、何をしているのだろう。

足を怪我した彼のことを思い出して、罪悪感がこみあげてくる。

7

私が取り返しのつかないことをしてしまったのは、今から一週間前のことだ。

そのときの私は、ひと月前の記憶があることを隠しながら、航哉と交際していた。

軽くご飯でも、という航哉の誘いに応じて、ファミレスで夜ご飯を食べたその帰り、私は航哉と一緒に歩いていた。部活動で疲れているはずなのに、こうして私のために時間を作ってくれる。彼の、そういうところが好きだった。

「春奈、大丈夫？　なんかぼーっとしてない？」

「ん、大丈夫。ちょっと、昨日遅くまで勉強してただけ」

「……そっか。無理しないでね」

「うん。ありがと」

もしかすると航哉は、別の理由で元気がない私に気づいていたかもしれないけれど、特に何も言わず、歩幅を合わせて歩いてくれていた。

心配はするけれど、無理やり聞き出すようなことはしない。

そういう絶妙な距離感でいてくれるところも、航哉のいいところだと思う。

それなのに、私は航哉のことを好きではなくなってしまったかもしれなくて――。

次の満月までは、あと一週間。そのときも航哉の記憶が消えなかったらどうしよう……。

そもそも、今だってもしかしたら、航哉は私の記憶が消えていないことに気づいているかもしれないのだ。

そういったことを、この三週間の間、私はうじうじと考え続けている。

ネガティブな予感がどんどん積み重なって、心に重くのしかかっていた。

そして私は――。

「あっ……！」

歩道橋の階段で足を滑らせてしまった。

航哉との関係性について悩んでいて注意が散漫だったうえに、前日に降った雨で地面が濡《ぬ》れていて、滑りやすくなっていた。

ひゅっ……と、のどの奥が鳴った。時間が止まったように、自分が落下していることを認識するが、体は動かない。

「春奈っ！」

いつも頼もしい航哉の、焦ったような叫びが鼓膜を突き刺して――。

彼はとっさに、私を守るように抱きしめる。

そのまま私たちは階段を転げ落ちた。

「……ってぇ」

「航哉⁉　大丈夫？」

私は擦り傷一つ負っていなかったのに、彼は右足をひねってしまっていたようで、足首を押さえていた。

航哉は「うん。春奈は怪我ない？」なんて、苦しそうに顔を歪《ゆが》める。

背中が少しだけ痛んだけれど、それくらいだ。私が「ない」と答えると、彼は「よかった」と笑った。

全然よくない。

どうして、私なんかをかばって……なんて、今は自己嫌悪に陥っている場合ではない。

駅が近かったので、ロータリーに止まっていたタクシーを使って、私たちは病院に向かった。

頭が真っ白になってしまった私に、航哉はずっと「大丈夫だから」と声をかけ続けた。「どっちが怪我人かわからないな」なんて笑っていたけれど、その笑顔は痛みで歪んでいて、私は全然笑えなかった。

折れてはいなかったが、捻挫《ねんざ》と診断され、航哉は二週間ほど、激しい運動を禁じられてしまった。

もうすぐ、大切な大会があるはずなのに……。

私は私が許せなかった。ただでさえ最低な人間なのに、さらに罪を上塗りしてしまったように思えて、息が苦しくなる。

できることはなんでもした。

次の日、航哉の家まで迎えに行って、荷物を持って一緒に登校した。教室まで持って行こうとしたけれど、航哉は「周りに怪しまれるから、ここまでで大丈夫。ありがとう」と言って、校門より前、人の少ないところで別々になった。

私たちの関係がバレることくらい、航哉の足に比べたら、どうってことないのに……。

帰りも同じように、人目につかないところで合流し、航哉の家の前まで一緒に帰った。

今から二日前。それが、私が航哉に会った最後の日だった。

前日までと同じように、航哉の家まで荷物を持って歩いた。

「今日も一緒に帰ってくれてありがとう。でも、松葉杖《づえ》もそろそろいらなくなるし、歩くくらいなら普通にできるから、来週から荷物は自分で持つよ」

申し訳なさそうに言う航哉の優しさが、今はただつらかった。結局、私がしていたことは自己満足でしかなかった。航哉も、それを見抜いているかもしれない。

自分の罪の意識が少しでも軽くなればいいなんて、そんなずるいことを思った私のことを、彼は軽蔑《けいべつ》しただろうか。

「うん。他に何かできることがあったら、なんでも言ってね」

「ありがとう。でも、もう大丈夫だから」

その台詞で、突き放されたように感じてしまって、心がズキズキと痛んだ。

「本当に？　無理しないでね」

「春奈」

「ん？」

「たぶん、今月会うのって、今日が最後になるよね」

「……うん。そうだね」

二日後に満月の日がやってくる。

今度こそ、私の記憶から航哉は消えてくれるのだろうか……。

「今までありがとう」

航哉は、私のことを片腕でそっと抱きしめた。

先月も彼は同じことを言っていた。きっと、これまでもそうしていたのだろう。

「……ううん。そんな、お礼言われることなんてしてないよ」

それが、私が航哉と最後に交わした会話だった。


そして迎えた今日の朝――。

目の前が、絶望で塗りつぶされる。

やはり私は、五十嵐航哉のことを覚えていた。今度は、はっきりと。

ここまできたら、もう認めるしかなかった。

私は恋を――五十嵐航哉への恋愛感情を失ってしまった。

寝起きで頭が上手く働いていないということもあって、考えがまとまらない。

そんな中――届いていたメッセージを見て、私はさらに混乱することになる。

私の恋人が、知らない人に変わっていたからだ。

8

要人の行きたいところというのは、鷹羽《たかばね》自然公園だった。駅から五分ほど歩いたところにあり、その名前の通り、自然に包まれた公園だ。広大な敷地内には、アスレチックやランニングコースなどがあり、バーベキューができるキャンプ場の近くには、幅が五メートル程の川も流れている。

「なんか、公園って意外だね」

「そうかな?」

木と木にはさまれた小道を歩きながら、私たちは会話を交わす。

「要人はインドア派だと思ってたから」

プラネタリウムとか博物館とか、そういった静かな場所の方が、彼には似合っているような気がした。

「どっちかっていうとインドア派だけど、自然も好きだよ」

「ふ〜ん。あ、でも私もそうかも。なんか、こういうところ歩いてると落ち着くんだよね」

色づき始めた葉っぱの隙間から差し込む、木漏れ日の暖かさが心地よい。

「それ、すごいわかる。一緒だね」

そう言って微笑む要人の笑顔には、やっぱり優しさがにじんでいて、本当に素敵な男の子だと思った。胸の奥の方が、きゅっと縮んだような気がした。

——あれ? 私、今……。

私の恋人は、要人ではないはずだ。だから、彼に対してときめくのはおかしい。

純粋に、顔の整った男の子に笑いかけられてどきどきしてしまっただけだろう。

言い訳みたいにして、要人にバレないように、小さく深呼吸をした。

木々が並ぶ道を抜けると、花がたくさん咲いているエリアに出た。

コスモス、キンモクセイ、桔梗《ききょう》、ダリア、竜胆《りんどう》。色とりどりの花が咲く花壇の間が散歩道になっていて、犬の散歩をしている人や、大学生らしきカップル、老夫婦などがいた。

「ところで、要人はどうしてここに来たかったの？」

「なんとなく、かな」

私の質問に、要人は曖昧な答えを返した。

「なんとなく？」

なんとなくで、デートの行き先として思いつく場所だろうか。

「僕の、思い出の場所なんだ」

切なさを感じさせる要人の声音に、全然なんとなくじゃないじゃん、とは言えず、私は「そうなんだ」とあいづちを打った。

公園内を流れる川に沿って歩いていたとき、

「いっ……」

頭に電気が走ったような痛みを感じ、私は思わず立ち止まる。

「春奈、どうしたの？　大丈夫？」

突然立ち止まって頭を押さえる私に気づき、要人は心配そうな声で呼びかける。

「ごめん。ちょっと……急に頭が痛くなっちゃって」

さっきほどの激痛はもうないけれど、ピリピリとした痛みが尾を引いていた。

大きく、ゆっくりと息を吐いて、めまいと吐き気をやり過ごす。

「ちょっと休んでいい？」

幸い、近くにベンチがあったので、そこを指さして私は言った。

「うん。歩ける？」

「なんとか」

「つかまって」

差し出された要人の、細さの割にたくましい腕を支えにしながら、私はゆっくりとベンチに向かって歩く。座ってペットボトルの水を飲むと、だいぶ気分も良くなってきた。

「落ち着いた？」

「うん。ごめんね。もう大丈夫」

心配そうな表情を浮かべる要人を安心させようと、ほんの少し強がる。

「よかった。でも、どうして頭が痛くなったんだろう。心当たりとかある？」

「心当たりか……。何も思いつかないかな」

「僕がさっき写真とか見せちゃったからかも。ごめんね」

自分の知らない自分を見て、無意識下で嫌悪感のようなものを抱いた。その可能性は十分にある。忘恋病は、とても厄介な病気だ。

「ううん。もしそうだとしても、私が見たくて見たんだし。それに、もうかなり治ってきたから」

まだ頭は少しだけズキズキするけれど、普通に歩けるくらいにはなっていた。深い呼吸を意識して、私は立ち上がる。

「無理してない？」

「してないよ。ありがとね。そろそろケーキ食べに行く？」

「うん、行こっか。歩けそう？」

要人はまだ心配そうな顔をしている。

「もう大丈夫だと思う。でも……ごめん」

「何が？」

「私、要人にすごい迷惑かけてるね」

「迷惑だなんて、全然そんなことないよ。春奈と一緒にいられて、僕はすごく楽しい」

直球の台詞にびっくりしてしまう。

「……そっか。うん……ありがと」

もしも、私が彼と両想いだったとして、今までもこういうふうに、真っ直ぐに好意を伝えてくれていたのだろうか。

私はそのたびに、照れくさくなって、素っ気ない返事をしていたのだろうか。

そんなことを考えて、一人で勝手に切なくなる。

私が好きなのは、航哉のはずなのに……。

私たちは鷹羽自然公園を出て、ケーキ屋『シエル』へと向かう。

時刻は午後の三時になろうとしていた。

9

「わ、可愛い……」

思わずそう呟いてしまう。

「お洒落《しゃれ》だよね」

約三ヶ月前にオープンしたケーキ屋の『シエル』は、とても可愛くてお洒落なお店だった。ピンクと白を基調とした外観が、柔らかい空気感を演出している。道路に面したガラス張りの窓から店内が見えるようになっていて、ケーキを食べている客たちは、満足そうな表情を浮かべていた。計算し尽くされているであろう照明が、華やかさを引き立てている。写真でしか見たことがなかった『シエル』の建物に、感動が押し寄せてきた。

「春奈。口、開いてる」

「し、失礼しました」

要人の指摘に、思わず敬語で謝ってしまう。

「ふっ……昔みたいな反応だ」

楽しそうに笑う要人に、恥ずかしさが湧き上がってきた。

「お恥ずかしいところを二回も見せちゃってごめんね……」

今の私にとっては初めてのお店だけど、少なくとも一回は来ているのだ。証拠の画像だってあった。誰と来たのかはわからないけれど。

「そんなことないよ。可愛い」

そんな言葉を放ち、私の頭に軽く手を乗せると、要人はスタスタと店内に入って行ってしまった。う。

私は数秒間フリーズした。

今日、ずっと思っていたのだけれど、どうやら要人は、さりげなくそういう言動ができるタイプらしい。ちょっと意外だ……というのは失礼だろうか。

そんなことを考えつつ、私は熱くなった顔を冷ますようにぶんぶんと振ると、彼のあとを追った。

ピーク後の時間帯ということもあり、五分も待たずに席に案内してもらえた。店内には若い人が多い。近くに大学があるので、そこの学生がメインなのだろう。

お洒落なデザインのメニューを見て、ケーキを選ぶ。迷う時間すらも楽しい。

悩みに悩み、食べたいと思っていたモンブランを注文することにした。

「春奈、前に来たときもモンブランだったよね」

「え、そうだったんだ」

「写真に一緒に写ってたじゃん」

「そういえばそっか。全然意識してなかった」

恋の記憶が消えても好みが変わるわけではないので、当然のような気もしたけれど、同じ行動を取ったことに運命的なものを感じてしまう。

「要人は何食べるの？」

「僕はチーズケーキかな」

「いいね。チーズケーキも美味しそう」

要人が店員さんを呼んで、二人分の注文をしてくれた。

軽く雑談を交わしていると、ケーキが運ばれてくる。

「じゃあ、食べようか」

「うん。いただきます」

フォークですくい、ひと口食べてみると、ちょうどいい甘さの栗味が口の中に広がった。

「ん、美味しい！」

前にも食べたことがあるはずなのに、今の私にとっては初めての感動だ。こういうときは、記憶を失う病気でよかったと思う。そうでも思わないとやっていられない。

「ほら、やっぱりまん丸になってる」

私のその顔を初めて見たかのように、要人は楽しそうに笑う。なんだか、また恥ずかしくなってきた。

「だって美味しいんだもん！」

羞恥心《しゅうち》をごまかすように、要人をにらみつけるようにして、私は言う。

「ごめんごめん。でも、春奈の素直なリアクション、可愛くて僕は好きだよ」

まただ。可愛いとか、好きとか、そういうことをサラッと言ってくる。

「はいはい。どうせ私は素直で単純ですよ〜」

私は動揺を隠すようにして、モンブランをひと口食べる。同じモンブランなのに、さっきよりも甘いような気がした。

「別に、単純とは言ってないって」

要人も楽しそうで、なんだか心がくすぐったい。

忘恋病によって生じる不安なしに、こうして笑い合えていたら、きっと楽しいんだろうな。

——まただ。

ふと我に返る。

私は今、何を考えていたのだろう。これじゃあまるで、要人のことが本当に好きみたいじゃないか。私たちの本当の関係は、恋人なんかじゃないはずなのに。

頭の中から、さっき感じていた甘い想像を追い出す。

「ん。チーズケーキも美味しい」

「あ、うん。よかったね」

私は咄嗟《とっさ》に笑顔を作って答えた。

それから私たちは、色々なことを話した。まるで、普通のカップルみたいに。

面白かった漫画のことや、よく聴いているアーティストのこと。中間テストのことや、高校卒業後の進路のこと。

私に合わせてくれているのか、要人の会話のテンポは心地よく、つい話し込んでしまう。

だけど、私が本当に聞きたいことは聞けなくて——。

私は色々なことを考えていた。思考はぐるぐると同じところを回っていて、まるで出口のない迷路にいるかのようだった。

ケーキを食べ終えて、コーヒーのおかわりを頼んだ。

「ケーキ、美味しかったね」

「うん。それに、春奈が嬉しそうでよかった」

その優しい笑みに、胸がきゅっとなる。

恋の記憶がないから、今、私が要人に抱いている気持ちが恋なのかはわからない。

一ヶ月後に、記憶が消えていれば恋になるのだろうけど、このままでは、消えていることにも気づかない。

次の満月の日、私はどうなっているのだろう。何事もなかったみたいに、また航哉と付き合い始めるのだろうか。

「春奈?」

また色々なことを考えて、自分の世界に入ってしまっていたようだ。

「あ、ごめん。ケーキもコーヒーも美味しくて、なんだか眠くなっちゃった」

「じゃあ、そろそろ行こうか」

私たちは席を立つ。


私の本当の恋人は誰?

あなたは、何者なの?

要人に、そんな質問をぶつけてみたかったけれど、最後までできなかった。私を思い留まらせたのは、花蓮からのメッセージだった。

遠野花蓮は、誰よりも信頼できる友人だ。今まで、私の恋の記憶が消えるたびにサポートをしてくれていた。そんな花蓮が、私の恋人は五十嵐航哉ではなく、三森要人だと言っている。

それなのに、五十嵐航哉と付き合っていたときの記憶がしっかりと残っていた。

つまり――私の記憶と花蓮のメッセージの、どちらかが嘘だということになる。

「春奈、大丈夫？」

「え？」

「なんか、ボーっとしてたから」

「ちょっと、疲れちゃって。ごめんね……」

「そっか。春奈にとっては会うのも初めてだもんね。今日はゆっくり休んで」

「うん」

それから少しだけ、なんでもないような会話をして、私たちは解散した。

10

帰宅して、ホットミルクを飲みながら、頭の中を整理する。できるだけ、冷静に。

まず私の記憶では、少なくともこの二ヶ月間は、五十嵐航哉と付き合っていたはずだ。

そして今日の朝、三森要人という知らない男子が、私の恋人を名乗っていた。

親友である花蓮も、彼が私の恋人であると証言している。航哉からの連絡はない。

いくつか仮説を立ててみる。

航哉は、私に足の怪我のことを知られたくなかった。

真っ先に思いついたのがこれだ。

私が足の怪我のことを知ったら、きっと先週と同じように、苦しい思いをしてしまうと考えたのだろう。つまり、私に心配をかけたくなかった彼は、この一ヶ月の間、私とはなんの関係もない人として過ごすことに決めた。

私と航哉が付き合っていることを知っている人間は限られている。私は友達が少ないわけではないけれど、花蓮のような、親友と呼べる存在は他にはいない。普段よく話す友人とは、悩みの相談だったり、恋バナだったり、そういった話を積極的にすることはあまりない。病気のこともあるので、あまり事情を説明したくないというのもあり、私と航哉が付き合っていることは、一部の人にしか伝えていなかった。

そんなわけで、私と航哉の交際を知っているのは、本人たちを除けば、花蓮と、私の姉と、航哉の友達の町野《まちの》くんくらいだ。もちろん、私が知らないだけで他にもいるかもしれないし、私の推測が正しければ、三森要人もたぶん事情を知っているのだろうけれど。だから、数人が黙っていれば、私と航哉の恋は、この世界に存在しないものとして扱うことができる。

唯一の誤算は、私の記憶が消えていなかったことだ。

そして、考えたくはないが、別の推測もできる。

航哉は、私と別れたかったのかもしれない。

一ヶ月ごとに恋の記憶が消えるということは、そのタイミングで離れれば、まったく無関係の人間になれるということだ。今はイレギュラーがあって、私は航哉のことを覚えているけれど。

つまり、私は航哉にフラれた、と解釈することができる。

そう考えると、とても悲しかった。

でも、航哉はそういう人ではない。優しくて、思いやりがあって、こんな私を好きになってくれて。

私には二ヶ月分の記憶しかないけれど、その前だって、恋の記憶が消える私を受け入れてくれて、一ヶ月ごとに、記憶のない私に恋をさせてくれたことはたしかだ。

私にとって航哉は、間違いなく特別な人で、彼もきっと、そう思ってくれていると信じていた。そんな航哉が、何も言わずに別れようとするなんてことは、絶対にあり得ない。

でも――。

「……本当に、そうなのかな」

考えれば考えるほど、彼は私と別れたがっているのではないかと思えてくる。

むしろ、このタイミングを選んでくれたという考え方もできる。もし、航哉との記憶が消えていれば、私はきっと、彼と付き合っていたことを忘れて、三森要人のことを、約一年付き合ってきた恋人として受け入れていた。

つまり、これもある種の優しさなのではないだろうか。

それに、航哉が一方的に私と別れようとしているとして、それを不実だというのなら、彼のことを忘れたふりをして、表面上にせよ、要人のことを受け入れている私だって同罪だ。

そもそも、航哉との記憶が残っていることが、何よりの裏切りなのではないか。

私はいまだに、航哉への恋愛感情がなくなっているという事実に向き合えないでいた。

大好きなはずの人に、もう恋をしていないなんて、認められるわけがない。

窓の外の、欠け始めたばかりの月を眺めて、私は昨日まで恋人だった人に思いを馳《は》せる。

今もきっと、航哉は苦しい思いをしている。

だからこれ以上、彼のことを裏切りたくない。

机の上のスマホが光っていることに気づいた。要人からのメッセージが届いている。


三森要人［今日はありがとう　楽しかった］

たったそれだけの一文なのに、なぜか胸のあたりが温かくなる。

どうして、こんな気持ちになっているのだろう。

要人は本物の恋人ではないのだ。だからこの気持ちも、偽物であるはずだ。

私の本当の恋人は、五十嵐航哉で。

航哉は、私の運命の相手だった。

私のことを見つけてくれて、恋をしてくれて。

忘恋病が発覚しても、それを迷いなく受け止めてくれて。

たとえ記憶が消えてしまっても、何度だって好きにさせると言ってくれた彼は、間違いなく素敵な人だ。

実際、私は航哉のことを、何度も好きになったはずだ。

満月が私の記憶を消しても、彼が恋を教えてくれた。

こんなに私を大切に想ってくれている彼を、好きにならないわけがない。

だから――恋を忘れる私は、彼のことを忘れていなくてはいけないはずなのに……。

「どうして……」

思わず漏れた声が、湿っていたことに気づいて。

泣きそうになっていることを自覚した。

「どうしてっ……覚えてるの」

止まらなかった。私は顔を枕に押しつけて、声を殺して泣いた。

航哉のことはちゃんと好きだったはずだ。記憶がある二ヶ月の中で、素敵だなと思うことはあっても、不快に思うことや不満なんて一つもなかった。いつだって、彼は素敵な恋人だった。

じゃあ、どうして彼のことを覚えているのだろう。

恋が終わる理由なんて、そんなに多くない。

ささいなすれ違いが重なった。

物理的に距離が離れてしまった。

幻滅した。

他に好きな人ができた。

そこまで考えたところで、恐ろしい可能性に気づいてしまった。

私に三森要人の記憶はない。

それは本当に、初対面だからなのだろうか。

例えば、こう考えることはできないだろうか。

私は航哉という恋人がいるにもかかわらず、三森要人に恋をしてしまった。航哉の記憶が消えていないのは、恋をする対象が変わったから。

そして――私が要人に恋をしていると気づいた航哉が身を引いた。

「そんなわけ……ないよね」

言い聞かせるように力なく呟いた私の声は、一人の部屋に、すぅっと虚しく消える。

頭では、そんなことはあり得ないといくら考えても、もしかしたら……という懸念が心の片隅に引っ掛かっていた。

今日、実際に会って、要人のことをたくさん知ることができた。

芸能人だと言われても納得してしまうくらいに美形。誠実で優しくて、お茶目な一面も持っている。可愛いとか、好きとか、そういう言葉もサラッと言えてしまう。

知れば知るほど、彼のことを魅力的だと感じるようになった。

実際に会い、言動を観察してみたけれど、悪意を持って私を騙《だま》そうとしているわけではないと思う。

何より花蓮も、この件に協力しているのだ。私から何かを隠すみたいにして。

きっと、私には想像もつかないような何かが、彼らの裏側にはあるのだろう。

色々な事情が、複雑に絡まってしまっているような、そんな予感があった。

やはり、航哉の足の怪我と関係があるのだろうか。

花蓮に聞けば、色々なことがわかるかもしれない。

だけど、私が航哉を認識していることが、彼に恋をしていないことの証明になってしまう。

結局、身動きが取れないままだった。

11

三森要人と偽物の恋人になってから一週間が経ったけれど、私はまだ、どうすべきかを測りかねていた。

全部知ってしまっていることを打ち明けるべきか。このまま、知らないふりを続けるべきか。他に何か良い方法はないか。

考えれば考えるほど、出口が遠ざかっていくように感じられた。

要人とは、校舎の中で顔を合わせることはなかったけれど、メッセージのやり取りは行っていた。なんでもない朝の「おはよう」や、夜の「おやすみ」といった内容で、一度だけ通話もした。

そして、要人と二回目のデートをした。美味しいオムライスを食べて、ボウリングに行った。二人ともそれほど上手くはなかったけれど、ストライクを出したときはハイタッチをした。ファストフード店で、ポテトをシェアしながら二時間くらい話した。普通のカップルがするような、普通のデートだった。

「指が筋肉痛になりそう」「わかる」と、なんでもない会話をしながら、少し遠回りをして駅まで歩いた。

「ちょっと涼しくなってきたね」

「そうだね。つい数週間前は夜も暑いくらいだったのに」

そう言うと、要人は私の手を握ってきた。スッと指が絡められる。要人の手は大きくて、骨ばっていて、包み込んでくれるような安心感がある。

彼の手をほどくべきだと思ったし、握り返すべきだとも思った。

矛盾する二つの考えは、どちらも平等に自分のもので。

私の不安定な心は、ぐらぐらと揺れたまま。

ほどくことも、握り返すこともせず、私は中途半端な状態で、彼と手をつなぐような形に落ち着いた。

「……これで、ちょっとは温かいでしょ」

「……うん」

私がうなずくと、要人はさらに手をギュッと強く握る。本当の恋人ではないとわかっているのに、不思議と嫌ではなかった。その事実に、また強い罪悪感を抱いて、だけど私は、彼の手を離すことはしなかった。

ちらりと横顔を見てみると、要人は私の視線に気づいたらしく、笑みを浮かべる。

そういった彼のひとつひとつに、どうしようもなく、胸が高鳴ってしまう。

要人は、私が先月まで五十嵐航哉と付き合っていたことを知ったうえで、恋人のふりをしている。

私は、要人が偽物の恋人だと知ったうえで、恋人として振る舞っている。

この嘘だらけの恋に、どうやって向き合っていけばいいのだろう。

「今日はすごく楽しかった。ありがとう」

「私も楽しかった」

自分の言葉が、本音なのか嘘なのかもわからなくなる。楽しいふりをしていただけのようにも思えるし、心の底から楽しんでいたようにも思える。

「もう少し、一緒にいたいんだけど、どうかな」

少しだけ照れたように言う要人に、私はうなずいた。


私たちはチェーン店のカフェに入った。

「決まってるなら、一緒に注文してくるよ」

「ありがとう。じゃあ、抹茶ラテで」

「ん」

要人は席を立ち、レジへと向かった。

三森要人は知らない人だ。だけど、ただ単に知らなかったのか、彼に恋をした結果、知らない人になったのかはわからない。

例えば、五十嵐航哉を好きな気持ちがなくなってしまった私は、新しく三森要人に恋をした。あるいは逆かもしれない。三森要人を好きになって、五十嵐航哉への恋心が消えてしまった。

どちらにせよ、最低だ。

考えたくないけれど、二人を同時に好きでいて、五十嵐航哉への恋愛感情だけが失われたというパターンも考えられる。

自分のことが怖い。恋が怖い。

過去のことを、自分だけが覚えていない。だからどうしても、自分も人も疑って、心が不安定になってしまう。

恋の記憶を忘れる代わりに、他人の頭の中が覗けたらいいのに……なんてことを思う。

先月まで、私の本当の恋人だった五十嵐航哉は、このことをどう思っているのだろう。

偽物の恋人を演じることになった三森要人には、どういう経緯があるのだろう。

遠野花蓮はなぜ、私に嘘をついてまで、彼に協力しているのだろう。

私がどうすれば、どんな行動を選べば、みんなが傷つかずにいられるのだろう。

「お待たせ」

要人の声が鼓膜を揺らす。

彼とはまだ、知り合って数日しか経っていないのに、その声に、柔らかい微笑みに、存在そのものに、安心感を覚えてしまっていた。

第二章　三森要人の初恋

たとえこの恋が偽物だとしても、気持ちだけは嘘じゃない。

1

「お待たせ」

宙に視線を向けていた春奈に声をかける。

「何か考えごとしてた？」

「ううん。何も」

困ったように笑う彼女を横目に、僕は抹茶ラテのマグカップを彼女の前に置く。嘘をつくのも、ごまかすのも下手くそで、そんなところも愛おしいと思う。

「そ。何か悩みごととかあったら、いつでも聞くから」

「ん。ありがと」

果たして、春奈は気づいているのだろうか。

僕が本物の恋人ではないことに。

春奈の偽物の恋人になって一週間が経ったけれど、気づいていないようにも、気づいているようにも見える。それを見分けられるほどの時間を、僕はまだ、春奈と共有していない。

今のところ、交際は順調に進んでいた。

忘恋病のことを聞いたときは驚いたけれど、そのおかげで、僕はこうして春奈の恋人として隣にいることができる。

春奈の本当の恋人は、五十嵐航哉という男だ。僕は今、彼の代わりに春奈の恋人になっている。

「っ……熱いね」

抹茶ラテをひと口飲んだ春奈が、舌を出して言う。

遠くから眺めるだけだった女の子が、目の前で笑っている。あまりにも現実味がなくて、頭がくらくらした。

出会ったときからずっと、僕は春奈のことが好きだった。

だから、こうして春奈の恋人として過ごす日々は幸せで、同時に、期限付きの関係性であることが、どうしようもなく苦しかった。

「今日は楽しかった。ありがとう」

「うん。私も楽しかった。こちらこそ、ありがと」

本当に自分が春奈の恋人になったかのような錯覚を抱いてしまう。だけど、僕たちは偽物の関係だ。そのことを思い知るたびに、月がずっと満ちなければいいのに、なんて思ってしまう。

一つだけ、心に誓っていることがあった。

たとえそれがどんな未来だとしても、春奈が幸せになるのであれば、僕はどんなことでもしようと思う。

僕が春奈の目の前からいなくなることが、彼女のためになるのであれば、喜んでそうする。

次の満月の日、春奈の記憶から僕は消えて、五十嵐航哉との幸せな日々を取り戻す。

それを想像したときの胸の痛みも、僕たちの関係が本物ではないことに対する切なさも、必死で押し殺して。

一ヶ月だけの偽物の恋人として、僕は春奈の隣にいる。与えられた役割を遂行することだけに集中すべきであって、そこに自分の考えや願望をはさむ余地はない。

自分に強く言い聞かせて、春奈に気づかれないようにそっとため息をつく。

春奈の偽物の恋人をすることになった日のことを思い出す。

あれは、今から二週間くらい前――。

2

「一ヶ月だけ、春奈の彼氏にならない？」

昼休み。廊下の端にある理数科の教室をわざわざ訪ねてきて、前のドアから物おじせずに教室に踏み込んできた遠野花蓮は、僕を見つけるなり、そんな意味不明な台詞《せりふ》を放った。ちょうど、周囲には聞こえないくらいの音量で。

「は？」

単刀直入に用件を伝えるのは素晴らしいことだとは思うが、いくらなんでも端折《はしょ》りすぎだ。

「話すと長くなるから、今日の放課後、ケーキでも食べ行こ。どうせ暇でしょ。部活もやってないんだし」

遠野は一気にまくし立てる。

中学のときに塾で知り合った彼女は、それなりに仲の良い友人だった。塾では毎日のように会っていたが、今はクラスが違うこともあり、たまに立ち話をするくらいの関係だった。

「いや、たしかに暇だけど、訳がわからなすぎて……話についていけないというか……」

「だから、それを説明するんだって。ってわけで、また放課後」

遠野はそう言って去って行った。肩まである黒髪が揺れているのを眺めながら、僕は呆気《あっけ》にとられる。

彼女には少し強引なところがあった。それは欠点でもあり、同時に美点でもあると思うのだけれど。

さすがに唐突すぎやしないか……？

予鈴が鳴り、どこかで昼食を食べに行っていたクラスメイトたちが、パラパラと戻ってくる。

『一ヶ月だけ、春奈の彼氏にならない？』

いったい、どういうことなのだろう。

甲斐春奈。同級生の女子で、遠野花蓮の親友だ。目立つわけでもなく、かといって地味でもない。どこにでもいるような、ごく普通の女子高生という印象。

校舎内で頻繁に遭遇するわけではないが、それでも二人のうちどちらかを目撃すると、かなりの確率でもう片方も一緒にいる。

僕が今、彼女について知っていることはそれくらいだ。ほぼ、接点はないと言っていい。僕は彼女のことを認識しているものの、彼女が僕を認識しているかはわからない。親友である遠野花蓮の知り合いの男子、くらいには思われているかもしれない。

それなのに、どうしていきなり、彼女の恋人になるという話になるのだろう。しかも、一ヶ月という期限つきで。

例えば——彼女がストーカー被害に遭っていて、恋人役を用意することで撃退しようとした。そこで、恋人がおらず、部活にも入っていない自分に白羽の矢が立った、とか。

そこまで考えたところで、その可能性は低いということに気づく。なぜなら、春奈には本物の彼氏がいるからだ。

五十嵐航哉。

バドミントン部に所属する男子だ。同じ学年で、この夏から部長を務めている。バドミントンの実力も全国レベルで、イケメンで爽《さわ》やかで優しい人間。非の打ちどころがまるで見当たらない。彼の欠点といえば、ちょっと勉強が苦手なところくらいではないだろうか。その勉強も、スポーツ推薦で入学してきた生徒の集まるスポーツ科ではトップレベルであるらしい。有名なのにもかかわらず、欠点がその程度しか出てこないということが、彼の優れた人間性を浮き彫りにしている。

二人が付き合い始めたのは、去年の秋、今から約一年前だったはずだ。なぜ知っているのかというと、遠野に聞いたからだ。いや、聞かされたと言った方が正しい。

ちなみに、二人の交際のことは秘密らしく、誰にも言うなと釘《くぎ》を刺された。じゃあ話すなよと思わないでもないが、他人の色恋沙汰《ざた》を広める趣味なんて僕にはないので、誰にも話していない。

もしかして……その五十嵐航哉とトラブルになり、彼がストーカーになってしまったということは考えられないだろうか。五十嵐は春奈から別れを告げられたが受け入れられず、暴走してしまった。そこで、新しい彼氏を用意して諦《あきら》めさせることにした……とか。

しかし、五十嵐はそんなやつには見えない。いや、そんなやつに見えない人間こそ、裏の顔があったりするものかもしれないが。

とはいえ、仮にそうだったとしても、僕に頼む理由がわからない。こんなひょろひょろした人間ではなく、もっと強そうな人に頼んだ方がいいのではないだろうか。つじつまは合うが、どうもしっくりこない。

どうせ考えたところでわからないのだ。答え合わせは放課後にしよう。

3

「わざわざこんなに遠くまで来る必要あったの？」

「あんまり知り合いに聞かれたくない話だし。あと、来てみたかったんだよね、ここ。うん、

「そっちが本音でしょ」

内装も素敵だ。

放課後、本当に迎えに来た遠野に連行されたのは、鷹羽高校の最寄駅から電車で十五分ほどの場所にあるケーキ屋『シエル』という店だった。三ヶ月ほど前にオープンしたらしい。

格調高い外装をしていて、入るのに少し躊躇《ためら》った。が、いざメニューを見てみると、高価というわけではなかったので安心した。客層は若いカップルが多い。

昼休みの発言の説明を早く聞きたかったけれど、甘いものが嫌いというわけでもないので、まずは大人しくケーキを食べることにした。

目の前でケーキを頬張っている遠野を眺める。

いつ見ても艶《つや》のある黒髪は、今は紺色のシュシュでまとめられていた。涼しげな瞳《ひとみ》と通った鼻筋、薄めの唇がバランスよく並んでいる。透明感のある美人、という言葉がしっくりくる容姿だ。全体的に小柄だが、表情があまり変わらないため、クールなイメージを抱かせる。口調にもどこかトゲトゲしさがあるが、それは単に彼女の性格によるもので、決して攻撃的というわけではない。何度か言葉を交わせば、感情表現が人よりもちょっと不器用なだけの、普通の少女であることがわかる。今だって、チョコレートケーキを食べている彼女は、なかなかに満足そうだ。それなりに付き合いの長い僕は、彼女の小さな表情の変化もわかるようになっていた。

「さて。美味《おい》しいケーキも食べ終わったことだし、説明するね」

最後の一口を食べ終えた遠野が言った。

「うん。頼む」

「まずは、昼にも言ったんだけど、一ヶ月だけ、春奈の恋人になってくれる人を探してる」

「春奈って、甲斐春奈さんのことでいいんだよね？」

遠野花蓮と同じ中学出身の女子。春奈について、今の僕はそれ以上のことを知らない。

「そ。今、春奈には偽物の恋人が必要なの」

必要、という単語を聞いて、なんだか切羽詰まっている印象を受けた。

とにかく、それだけでは何もわからなかったので、こちらから質問をしていくことにした。

「それは、どうして？」

「ん〜。どこから説明しよう……」

遠野は目をつむって斜め上に顔を向ける。彼女自身も、この件を持て余しているようだった。

複雑な事情があるということを、なんとなく察する。

「じゃあまずは、春奈の病気について話そうかな」

考えがまとまったらしく、遠野は僕の方に視線を戻した。

「病気って、大丈夫なの⁉」

つい大きな声を出してしまう。

「命に関わるようなものじゃないから安心して。だけど、世界でもほぼ症例がない、珍しい病気ではあるけどね」

とりあえず安堵《あんど》はしたものの、珍しい病気という部分が気になった。

「どんな病気か聞いてもいい？」

「うん。むしろ、説明しないと話が進まないからね」

遠野は僕の目を真っ直ぐに見据えて、口を開く。

「正式な病名は、月光性恋愛健忘症。忘恋病っていう病気のうちの一つ。春奈の場合は、満月の日に、恋の記憶が消える」

「恋の記憶が……消える？」

どういうことだろう。忘恋病という病名も、聞いたことがなかった。その説明だけでは不十分であることをわかっていたらしく、遠野はさらに細かいところまで教えてくれた。

消えるのは、恋に関する記憶だけ。

恋人と話したこと。恋人と行った場所。恋人の顔。恋人の名前。

恋の記憶が消える病気である、ということは忘れない。

信じられなかったが、遠野は真剣な目をしていた。冗談を言っている様子はなく、淀《よど》みなく説明もしていたので、おそらく本当なのだろう。

記憶にぽっかりと空白ができるわけではなく、とても自然に記憶がなくなっているらしい。一週間前に食べた夕食が思い出せないように、昔読んだ本の内容を忘れてしまうように、春奈は、恋人との記憶を失ってしまうのだという。

まったく想像の及ばない症状に、僕は絶句していた。

「何か質問ある？」

と、遠野から聞かれたが、すぐには何も出てこなかった。

「……病気のことはわかった。それで、その病気が、甲斐さんの偽物の恋人を探していることと、どう関係があるの？」

そこまで言ったところで、春奈には恋人がいたことを再び思い出す。

彼女が五十嵐航哉と付き合い始めたのは、去年の秋だ。

今も付き合っているのであれば、そして遠野の言ったことが本当であれば、約一年間、彼女はひと月ごとに五十嵐航哉に関する記憶を失っていたことになる。

「五十嵐が、怪我したってのは知ってた？」

遠野の口からは、予想していた名前が出てきた。

「いや、初めて聞いた」

「つい何日か前、春奈をかばって階段から落ちて、全治三週間の捻挫《ねんざ》。十月の新人戦にはギリギリ間に合うけど、それまでは練習もできない」

「三週間……」

ほとんどが推薦で入学するスポーツ科にとって、大会での結果は、時に学校の成績よりも大事だ。大学からの推薦の話も、部活動の結果次第でいくらでも変動する。スポーツ科にとって部活動というのは、一般的な生徒とはまったく性質が異なる、将来に大きく影響を及ぼす大事なものなのだ。大会前の三週間という期間が、どれだけ大切か、中学のときに陸上部に入っていただけの僕ですらわかる。

ということは——。

話がなんとなく見えてきた。

「今、春奈は罪悪感を抱えてる」

想像できてしまった。自分のせいで、誰かが不利益を被ることが、どうしようもなく耐えがたい。僕自身もそういうタイプなので、今の春奈の心情が、痛いほどにわかってしまう。

「春奈はここ数日、五十嵐の登下校に付き添ってる。すごく責任を感じてるみたい。教室での様子もおかしい。表面上は笑顔でいるけど、壊れそうな顔をしてる」

「………」

その取り繕った笑顔はきっと、五十嵐にも看過されていて――。

「五十嵐は怒ってもないし、逆に、春奈の時間を使わせてしまってることに申し訳なさも感じてる」

「五十嵐が怒っていないなら、別に問題なさそうだけど」

自分で言いながら、同時に、そんなことはないとも感じる。

相手の心情を正確に理解するなんてことは、どうしようもなく不可能で。

自分の気持ちすべてを言葉にして相手に伝えるなんてことも、なかなかできることではない。

だからどうしても、考えて、想像して、取り違えてしまう。

――本当は、五十嵐は怪我をさせてしまった自分のことを憎んでいるのではないか。無理して笑っているのではないか。

そういった春奈の考えが、さらに彼女自身の感情を隠してしまう。お互いの心と心が、複雑に絡まっていく。

「……ごめん。問題なかったら、今みたいなことになってないよね」

「うん。今の春奈は、とにかく見てて痛々しい。このままだと、次の満月のときに、大きなショックを受けるかもしれない」

遠野は、普段はめったに見せない表情で、不安そうに呟《つぶや》いた。

僕は引き続き、春奈の心情をトレースしようと努める。

恋人である五十嵐の記憶を失ってしまうのだとすると――。

突然、自分には恋人がいることが明らかになって。それだけでもきっと、受け入れるのに時間がかかるのに、その恋人が自分のせいで怪我をしていて――。

胃が痛くなってきた。考えただけでこれだ。実際にそんな事態になったとき、春奈はどうなってしまうのだろう。僕には想像もできないくらいに、彼女は追い詰められてしまうはずだ。

「春奈の忘恋病の原因は、精神的なものだと言われてる。昔、恋愛絡みで何かがあったみたいなんだけど、その記憶もなくなってるみたい。これ以上、恋愛絡みでショックを受けることは、病気の悪化につながる可能性も……三森、聞いてる?」

名前を呼ばれて、気づかないうちに止めていた呼吸を再開する。

「うん。ごめん、色々考えてたら、結構しんどくなっちゃって」

春奈が、恋の記憶を忘れてしまう病気を患っていること。

今、罪の意識を抱えて苦しんでいること。

過去の恋愛でつらい思いをしたかもしれないこと。

予想していなかった色々な事実が、一気に流れ込んできて、受け入れるのに時間がかかってしまっている。

「こっちこそ、一度に話しすぎたかもね」

遠野は自省するように呟き、僕から視線を外すと、コーヒーを飲んでひと息ついた。

「でも、今の話を聞いて、だいたいは納得した。要は僕に、五十嵐の代わりに、甲斐さんの彼氏のふりをしてほしいってことだよね？」

「そう。だから来週、春奈の記憶が消えるタイミングで、彼氏をすり替える」

恋人をすり替えるなんて表現は、今まで聞いたことがなかった。だけど、記憶が消えるのであれば、それは可能かもしれない。

「五十嵐は？」

五十嵐自身は、恋人をすり替えることに対して、どう思っているのか。それを聞きたくて口にした質問だったが、言葉が足りなかったことに気づく。しかし遠野は、僕の質問のニュアンスを正確に把握したようだった。

「五十嵐も、そうしてほしいって。というか、むしろ五十嵐の方から相談されたんだ。次の一ヶ月は、春奈と無関係の他人でいたいって、本人が言ってる」

どうせ記憶が消えるのであれば、非常に合理的な方法かもしれない。だけどこの計画には、感情的な部分が一切含まれていないような気がして、底知れない気味の悪さを感じてしまった。

例えば僕が春奈の恋人になったとして、それを五十嵐はどう思うのだろう。

逆の立場だったら、なんて考えただけでも、僕は嫌になってしまうけれど……。

4

この計画には、もう少しいい方法があるような気がして、手当たり次第に思いつくことを言ってみる。

「例えばなんだけど、五十嵐の怪我が甲斐さんのせいだったってことを隠しておくって方法はだめなの？」

怪我をしていることは隠せないとしても、その怪我の原因を隠すことくらいはできるのではないだろうか。

「もちろん、色々なパターンを考えた。だけど、何かのタイミングで、それが明らかになるかもしれない。五十嵐から遠ざけていた方が安全だと思う」

まるで、五十嵐のことを春奈にとって悪い影響を与える人間のように言う。二人は恋人同士ではなかったのか。遠野はよっぽど親友である春奈のことが大切なのだろう。

「それに、五十嵐の怪我は自分がきっかけだってことに気づかなかったとしても、春奈は同じように心配して、心を痛める。必要以上につらい思いをするのは、目に見えてる」

それは……たしかにそうかもしれない。親友である遠野が言うのであれば、その通りなのだろう。

「…………」

だけど、それなら――。

大きな疑問が一つだけあった。だけどそれを、あえて僕は口にしなかった。

遠野が色々なパターンを考えたというのであれば、きっとそれが最善なのだろう。

勝手にそう結論づけた方が、僕にとっても都合がいい。自分勝手だと思うし、自己嫌悪に陥りそうになるけれど、その辺りの事情はいったん飲み込んで。

「うん。とりあえず事情は理解した。でも、確認させてほしいことがいくつかある」

大きな疑問の他にも、今思いついただけで、三つほど懸念点があった。

「なんでも聞いて」

「まず、記憶がなくなるとはいえ、前日まで交際していた相手でしょ。物理的な証拠……例えば、スマホのメッセージとか、写真とか、そういうのを見たら、本当の彼氏が五十嵐だってわかるんじゃないの？」

「そういうのは、記憶が消える前に春奈のスマホからは消すようにしてるの。今回だけじゃなくて、毎回」

「どうして？」

自分の恋人が誰か、確信できる何かがあった方が、手っ取り早いと思うのだが。

「例えば、記憶が消えた状態で、送った覚えもないメッセージとか、撮った覚えもない写真を見たら、三森はどう感じる？」

言われて、ハッとした。たしかに、突然自分の知らないところで自分が誰かと付き合っていたことが明らかになるのは、怖いような気もする。

「ごめん。想像力が足りてなかった」

「ううん。私も同じように思って、一回、春奈に提案してみたことがあるんだ。実際にやってみた結果、ダメだったんだよね。だから春奈は、記憶が消えたときにはまず、恋人がいるってことだけ知るようにしてる。それから、実際に会って、話して、五十嵐のスマホに残ってる写真やメッセージを見せて、少しずつ五十嵐に恋をしていた自分を受け入れて……。春奈はそうやって、数日かけて、恋人としての関係性を再構築していくの」

「なるほど……」

恋の記憶だけが消えてしまうなんて経験を、僕はしたことはなかったので、なかなかイメージはできなかったけれど、それが一番の方法であることは納得した。

同時に、五十嵐がそれを受け入れていることにも少し驚いた。そんな途方もないことを、毎月しているなんて……。

それだけ、春奈のことが好きなのだろうか。

例えば、自分がその立場になったとしたら、同じ熱量で、恋人のことを好きでいられるのだろうか。

「友達とか、家族についてはどうなの？　甲斐さんの彼氏がいきなり代わってたら驚くでしょ」

友達はわからないが、家族なら病気のことはさすがに知っているだろう。

「そもそも、春奈の彼氏が五十嵐ってことを知ってる人間は、私以外にいないから問題ない。あ、五十嵐の友達にも知ってる人がいるみたいだけど、その人も口は堅いらしいから大丈夫だと思う」

そういえば、僕に教えてきたときも、秘密にしろと言ってきたっけ。

「なんでそんなに秘密にしてるの？」

「ほら。五十嵐って、かなりファンも多いから、色々と慎重にしたかったんでしょ。結局、すぐに春奈の忘恋病が発覚して、余計に秘密にせざるを得なくなったって感じかな。周囲に知られてたら、春奈の負担になるかもしれないし。それと家族は、色々と事情があって春奈の病気を知ってるのはお姉さんだけだし、そのお姉さんにも、すでに話は通してある」

五十嵐本人も納得している。

恋人が代わっていたとしても、周りには気づかれない。

どんどん外堀が埋められていくような感覚になる。

だけど、肝心のところがわからなかった。

春奈に偽物の恋人が必要だとして――。

「それで、どうして僕なの？」

恋人がいない帰宅部の男子なんて、他にいくらでもいる。それなのに、自分に白羽の矢が立ったのはどうしてなのか。

なんとなく予想はできていて――そして予想通りの答えが返ってきた。

「だって三森、春奈のこと好きでしょ？」

遠野は迷いなく言い放った。わからなくて尋ねているというよりも、事実を確認しているといった方が適切な口調だった。

「どうしてそう思うの？」

あっさり認めるわけにもいかなくて、速まる鼓動を隠すように、僕は尋ねた。

「どうしてって聞かれると、直感としか言えないけれど、今日の会話だけでも、察するには十分じゃない？　例えば、春奈が病気って聞いたとき、すごく焦ってた。春奈と親しい人ならまだしも、直接関わりがないはずの三森にしては珍しい反応だった」

「病気って言われたら、誰であろうと心配するよ」

「そうかもね。だけど三森って、春奈と直接話したことないんだよね？」

「だったらなんなの？」

質問の意図がわからず、僕は聞き返す。

「それなのに、春奈って言われてすぐにピンときてた」

「でも、遠野が春奈って言ったら、甲斐さんのことだろうなとは思うでしょ。いつも一緒にいるし、遠野は僕にやたら甲斐さんの話をしてくるし」

「私、三森には一回しか春奈の苗字、教えてないよ。それなのに、フルネームで覚えてるんだ」

遠野は笑っているのに、なぜか、悲しそうな表情に見えた。

「……記憶力がいいんだよ」

「出た。インテリアピール」

先ほどの悲しそうな表情はすでになく、どこか楽しそうに遠野は言う。記憶力がいいというのは、嘘だった。一度好きになった人の名前なんて、忘れたくても、忘れられるわけがないのだから。

「ま、今言ったのは全部後づけの理由。校舎ですれ違うたびに春奈のこと見てるんだもん。そこまでされたら、誰でもわかっちゃうよ。いい加減認めなって。入学式の日、好きになっちゃったんでしょ」

「……ご想像にお任せするよ」

5

鷹羽高校の入学式の日、春奈の姿を見つけた。

僕は胸に赤い花をつけて、一人で廊下を歩いていた。中学で親しかった友人たちとは進路が分かれてしまい、心細さを覚えていたところに、見知った顔を見つける。

同じ塾だった遠野花蓮。塾のクラスも同じで、隣の席に座ることも多く、よく話していた。志望校が同じということころまでは聞いていたけれど、合格したかどうかは聞けずじまいだった。

知っている人間がいることに少し安心した僕は、話しかけようと近づいて——足を止めた。遠野と親しげに話す、彼女の友人らしき女子が視界に入ったからだ。

彼女を見た瞬間、心臓が大きく跳ねた。

一瞬、自分と彼女以外のすべてが、世界から消えたようにすら感じた。

ショートカットの髪が似合っていて、天真爛漫《らんまん》な笑顔が遠くからでも眩《まぶ》しく映る。派手ではないけれど、とても華やかな人だと思った。

その女子は、何か用事があるらしく、教室とは逆方向に歩いて行った。

「遠野」

彼女が一人になったタイミングで、僕は話しかける。

「あ、三森も受かってたんだ」

かなりわかりにくいけれど、ちょっと嬉《うれ》しそうな顔をして、遠野は僕に近づいてくる。

「うん。一応ね」

「まぁ、三森の頭の良さじゃ当たり前か。ここ志望って聞いてたときからずっと思ってたけど、むしろ低いくらいじゃない？」

「そんなことはないよ」

「……もしかして、理数科だったりする？」

「そうだけど」

「マジか。インテリアピールしやがって」

「そっちから聞いてきたんじゃん」

この高校では、普通科よりも理数科の方が偏差値が高いらしい。偏差値をあまり気にせずに、家からの距離と、得意科目の数学の点数の比重が大きくなるという理由で選んだ。それを言うと、また文句を言われそうなので黙っておく。

部活はどうするとか、他に知ってる人はいるかとか、なんでもない雑談を交わすと、塾で過ごした日々が懐かしく思えてきた。遠野は、人と関わることが苦手な自分とも仲良くしてくれる、貴重な友人だ。

ひと通り軽口を叩《たた》き終えたので、聞きたかったことを遠野に尋ねる。

「ところで、今の人って誰？」

「今の人って、春奈のこと？　甲斐春奈だけど。……え、三森あんた、もしかして、春奈に一目ぼれとかしちゃった感じのやつ？」

流石《さすが》に露骨だったかもしれないと思ったが、聞いてしまったものは仕方ない。

「別に。そういうんじゃないけど」

僕は適当にあしらうことにした。図星を突かれた焦りを、表情に出さないように気をつけながら。

「そ。ならいいや」

僕が彼女のことを好きになってはいけない、とでも言いたげな遠野の台詞に、若干の違和感を抱きつつも、これ以上続けるとボロが出てしまいそうなので、引き上げることにする。

「じゃあ僕、理数科だから」

「うわ、インテリアピールだ」

遠野の、少し楽しそうな声を背中に受けながら、廊下の端——理数科の教室へ向かった。

それから遠野は、会うたびに春奈のことについて尋ねてきた。

彼女は、僕が春奈に一目ぼれしたと思っているらしい。あのときに否定したのにもかかわらず。

「ねえ、春奈とはもう話したの？」

五月くらいに、帰りが偶然一緒になったときのこと。

「話してないよ。どうしてそんなこと聞くの？」

「入学式の日、気になってたじゃん」

「あれは、遠野が友達といるのが珍しいなと思っただけで、他に意味はない」

「ふーん。まあいいや。春奈と話したいときは私を通してね」

「マネージャーかよ」

六月には、昼休みに図書館で勉強していたところ、突然話しかけられた。

「そういえば、春奈、彼氏ほしいらしいよ」

「へぇ」

「え、何その素っ気ない反応。ってか、人と話すときくらい単語帳閉じたら？　インテリアピール？」

「勝手に話しかけてきといて贅沢言わないでよ。次、英単語の小テストだから必死なの」

「あら、それは失礼しました。で、春奈が彼氏ほしいって言ってた話、詳しく聞きたい？」

「別に。興味ない」

「そのわりにはさっきからページが進んでないね」

「うるさい」

「まあ、ただ少女漫画の話してて、こういう恋愛、憧《あこが》れるよね～って話してただけなんだけど」

「少女漫画って……」

「三森、なんだかんだで話に付き合ってくれるとこ、すごくいいと思う。伸ばしていこう」

「はいはい。で、遠野はどうなの？　恋愛に憧れてたりするの？」

「は？　私は別にそういうの、今はいいかなって思ってるから」

「何キレてんの？　遠野って案外、恋愛系の話苦手だよね」

「キレてないし。うるさいばーか」

春奈に恋人ができたことをわざわざ僕に教えたのも遠野だった。

「よ。帰り？」

十月の上旬。下駄箱で背後から話しかけてきた遠野は、なんだかいつもよりもテンションが高いような気がした。

「そうだけど」

「一緒に帰ろうよ」

「いつもの友達はどうしたの？」

甲斐春奈という名前を、僕ははっきりと覚えていたけれど、それを悟られたくなかった。

「春奈、彼氏ができたから、そいつと一緒に帰ってる」

そのときの遠野の得意げな顔は、僕が彼女のことを好きだと確信していたように見えた。

「あー……そうなんだ」

「残念？」

「なんで？」

「なんとなく」

残念、なのだろうか。自分の気持ちが、よくわからなかった。

普通、好きな女子に彼氏ができたら、悲しい気持ちになる。友達の話や、恋愛映画などの創作物から得た知識だ。

だけど、ショックを受けたかと言われると、そうでもないような気がする。実感がわいていないだけなのかと思ったけれど、僕の感覚は、どうやら一般的なものとは少しずれているらしい。

「全然残念ではないけど。むしろ、おめでたいじゃん。幸せになれるといいね」

自然と、口からそんな台詞が出ていた。もちろん、強がりで言った言葉ではない。紛れもなく本心だった。それを聞いて、遠野は少し不満そうにしていた。そんなに僕に残念がってほしかったのだろうか。女子の考えていることは、よくわからない。

一度だけ学校の外で、五十嵐と二人でいる春奈の姿を目撃したことがある。楽しそうな笑顔を見せる彼女に、たしかに心は痛んだけれど、不思議と、深く落ち込むことはなかった。

好きな人には幸せになってほしい。

好きな人と共に幸せになりたい。

その二つは似ているようで、大きな隔たりがある。


遠野はそれからもよく話しかけてきた。塾で一緒だったときほどではないけれど、月に一、二回くらいは、近況報告のような会話をした。遠野と話す時間を、僕は結構気に入っていた。

塩対応だとかインテリアピールだとか、散々言いながらも、遠野は僕に絡んできた。昔から、友達を作るのがあまり上手《うま》くなかった僕にとって、遠野の距離感はちょうどよく感じられた。人と関わることは嫌いではないけれど、素っ気ない反応をしてしまうことが多かった。ちょっと話すようになっても、いつの間にか疎遠になっている。そんなことを繰り返してきた。今だって、中学のときによく話していた友人とは、もう連絡も取らなくなっている。

だから、遠野は貴重な友人だ。

クラスメイトから「さっきの女子とよく話してるけど、付き合ってんの？」と尋ねられたけれど、断じて僕たちはそういう関係ではない。
遠野もきっと、そう思っているだろう。

6

春奈の偽物の恋人を引き受けることになった日の夜に、五十嵐航哉と電話で話した。なるべく矛盾が出ないようにという理由で、僕は春奈と五十嵐のこれまでの思い出を教わった。

校内でも有名人で、体育の授業では一緒になるため、五十嵐の存在は認識していたが、言葉を交わしたことはなかった。凜々《りり》しさと爽やかさを兼ね備えた見た目のままの性格で、とても気遣いのできる、スクールカースト上位の男子という感じだった。

「もしもし、三森です」

〈五十嵐航哉です。色々と、大変なことを頼んで申し訳ない〉

電話をかけてくるなり、神妙な口調で五十嵐は謝罪した。スマホの向こうで、実際に頭を下げている様子が目に浮かぶ。

「いや……別に、大丈夫だけど」

何が大丈夫なのか、自分でもわからなかったが、そう言うしかなかった。大変なことではあるし、申し訳ないという気持ちもわかる。だけど僕は、面倒だとか、どうして自分がこんなことを……とか、そういったマイナスの感情は抱いていなかった。もちろん、最初に遠野から話を聞いたときは、何がなんだかわかっていなかったけれど。

今は、偽物の恋人を演じることに対して、そこそこ前向きになっている。それはきっと、相手が春奈だからなのだろう。彼女の幸せが守られるのであれば、僕は喜んで、期間限定の恋人を演じようと思う。

〈だいたいのことは、遠野から聞いてるってことで合ってる？〉

「ああ、うん。そうだね」

まずはおおまかなところだけ確認したが、遠野の話と五十嵐の話に、異なるところはなかった。

〈じゃあ、俺から話すことは、あとは春奈のことだけかな〉

彼女のことを呼ぶときの親しげな響きに、一瞬だけ、息が詰まる。当たり前だ。彼は春奈の恋人なのだから。

「うん。よろしく」

五十嵐は、春奈との思い出について話し出した。

初めてのデートは映画で、会話はぎこちなかったけれど楽しかったこと。

クリスマスにプレゼントした手袋を、大切に使ってもらっているということ。

バドミントンの大会に、こっそり応援にきてくれたこと。

桜の名所を、手をつないで歩いたこと。

夏祭りで知り合いに見つかりそうになって、人の少ない道に逃げてコンビニでアイスを食べたこと。

水族館でシャチに水をかけられたこと。

なかなか予定が合わず、会えない日が続いたときに、夜中まで長時間の通話をしたこと。

事実を伝えるという目的で話しているということもあって、五十嵐自身の感情や主観は排除されていたけれど、彼の言葉からは、たしかに温度が感じられた。

きっと五十嵐は、胸を張れる恋をしてきたのだろう。

〈そんなところかな。あとで文章でも送っておく。もっと細かいこととか必要になったら、いつでも連絡してくれ〉

「わかった」

僕がそう言うと、数秒の沈黙が続いた。お互いに何かを言おうとしているような、不思議な間。

その沈黙を破ったのは、僕の方だった。

「五十嵐は、きつくないの？」

自然と、口からついて出た言葉だった。やむを得ない事情があるとはいえ、大切な恋人が、一ヶ月もの間、別の男と付き合うことになるのだ。それにしては淡々と話していた印象を受けた。

しかし――。

〈……きついに決まってるだろ〉

五十嵐の声音が変わる。それは今日、僕が聞いた中で、唯一の彼の本音のような気がした。

「……そう、だよね。ごめん」

僕は自分の発言を恥じた。何も思わないわけがないのだ。

〈だけど……そっちの方が、春奈のためになるんだ〉

電話越しでもわかる、覚悟のにじんだ声だった。自分のためではなく大切な人のために、何かを選び取った人間の出せる声だと思った。僕は圧倒されて、何も言えなかった。

〈春奈のこと、絶対に傷つけないでくれよ〉

最後にそう言って、五十嵐は電話を切った。一ヶ月間だけのはずなのに、まるで彼女のことを手放すかのような空気さえ感じられるほどだった。それだけ、大事に思っているということがうかがえる。

きっと彼も、散々悩んで決めたことなのだろう。

通話を終えてから数分後、五十嵐から送られてきた文章に目を通した。箇条書きで書かれた、春奈との思い出を、僕は改めてなぞっていく。そのどれもが、今は春奈の記憶から消えてしまっているのだと思うと、自分自身がその思い出の中にいたわけでもないのに、心臓がギュッとつかまれたような感覚になる。

五十嵐は、その思い出を今まで一人で守ってきたのだ。思い出を、大切な人と共有できないということは、どれだけの痛みを生むのだろう。

文章と一緒に、春奈の写真も送られてきていた。どの写真に写る春奈も、幸せそうに笑っていて、本当に五十嵐のことが好きだったことがわかる。

春奈だけが写っているものばかりで、五十嵐が写っている写真がないのは、僕がそれらを春奈に見せるときに、五十嵐と僕が入れ替わっていることがバレないようにという配慮なのだろう。ツーショット写真がないと指摘されたときの言い訳も考えておかなくては。

どうせ記憶が消えるのであれば、たしかに、この方法は非常に合理的だと思った。

だけど、違う考え方もできる。

どうせ記憶が消えるのならば、気にしなくてもいいのに。

だって、春奈が五十嵐の足の怪我に対して責任を感じていたとしても、一ヶ月経てば、彼女は責任を感じていたことすら忘れるのだから。この一ヶ月だけ耐えれば、来月からはまた、何事もなかったように、新しく恋を始められるのではないか。

それなら――五十嵐は何を考えて、一ヶ月の間、春奈から距離を置くという決断を下したのだろう。何を考えて、代わりの恋人を用意するという発想に至ったのだろう。

春奈に責任を感じてほしくないというのは、あくまで表向きの理由であって、何か別の理由があるのではないか。

遠野だってそうだ。

彼女は、僕が春奈に恋愛感情を抱いていることに気づいている。それなのに、どうして僕に声をかけてきたのか。

『だって三森、春奈のこと好きでしょ?』

まるで、僕が春奈のことを好きだから頼んでいる、というようなニュアンスだった。

一ヶ月だけは恋人かもしれないけれど、それが終われば春奈はまた五十嵐の恋人になる。

そういった現実を突きつけて、甲斐春奈のことを諦めさせてやろうという嫌がらせにも思える。もしそうだとしたら、遠野は僕のことを嫌っているということになる。それはなんだか、悲しい気がする。

だけど、嫌っている人間を大切な友人に近づけるだろうか。ましてや、偽物とはいえ、恋人として一ヶ月間も過ごすのだ。どうもしっくりこない。

考え始めてしまうと、どうしても気になってしまう。はっきりしないことが嫌いなこの性格は、勉強には向いているけれど、こういった答えがわからない問題にはどうしようもなく不向きで。

五十嵐は、どんなことを思って、春奈から距離を置こうとしているのか。

遠野は、何を考えて、僕を春奈の偽物の恋人に選んだのか。

深い意味なんてないと、シンプルに考えることもできるけれど、どうしても違和感が残るその二つの疑問は、僕の心の片隅に居座ったままだった。

「いや、やめよう……」

今は余計なことを考えず、引き受けたことをしっかりとこなすべきだ。

他人の感情なんて、どうせ推し測ることはできないのだから。

7

春奈の記憶が消える満月の日まで、あと二日となったある日。決定的な矛盾が出ないように、僕は春奈について知っていった。

五十嵐から送られてきた彼女の写真を眺める。彼が撮影した春奈は、とても素敵な笑顔を見せていた。

ショッピングモールの大きなクリスマスツリーの前で、マフラーをなびかせて。

満開の桜の木の下で、制服のスカートをはためかせて。

夏祭りの花火を背景に、向日葵《ひまわり》の浴衣を着て。

春奈はとても楽しそうに笑っていた。

遠くから見ていたときも感じていたけれど、春奈の笑顔はとても綺麗だった。だけど——好きな人から見た彼女の笑顔は、さらに綺麗に思えた。

その笑顔を引き出しているのが自分ではないことが、悔しくなるほどに。


そして、満月の日——春奈の記憶が消える日がやってくる。

翌日、僕は彼女を誘い、出かけることにした。デートに誘うなんてこと、今までだったら絶対にできなかったけれど、今の僕は彼女の恋人だ。緊張八割、期待二割で待ち合わせ場所へ向かう。

「初めまして。三森要人といいます」

春奈は少しびっくりしたように、僕の方を見る。

「どうかした?」

彼女にとっては、僕は今日初めて会った人だ。慎重に、なるべく怖がらせないようにしなくては。

「あ、いえ、すいません。えっと、甲斐春奈です」

「知ってるよ」

君は僕のことを知らないと思うけど、僕は君のことをずっと見てきたんだから。

二回目のデートから帰宅した僕は、春奈の手の柔らかい感触を思い出していた。

握った彼女の手からは、躊躇いが感じられた。握り返してはこなかったものの、ほどかれもしなかった。謝って、手を離すべきだったのかもしれない。だけど僕は、自分を優先してしまった。

照れたようにはにかんだ春奈の顔を思い出して、愛しさがこみあげてくる。

これ以上はまずいと、直感的に思った。

一ヶ月後には消える恋なのに。

また、他人同士に戻るのに。

春奈への気持ちが、今よりも大きなものになってしまわないよう、これが偽りの恋であることを、僕は必死に、自分に言い聞かせた。

もしも、春奈と五十嵐が付き合い始める前に、僕が勇気を出して彼女に声をかけていたら、今みたいな未来もあったのだろうか。そんなことを思った。

夜空には、欠け始めた月が浮かんでいる。

この月が欠けて、また満ちるころ、彼女の恋の記憶は消えてしまう。

彼女の記憶から消えることが僕の役割であるはずなのに、どうしてか、心が苦しかった。

春奈との日々の中で、一つだけ、どうしても確かめたいことがあった。

手をつないだ翌日の月曜日。途中まで一緒に帰ることになったので、電車の中で、僕は彼女に尋ねてみた。

「春奈ってさ、犬とか飼ってたことある?」

「いきなりどうしたの? ないけど」

「本当に?」

「本当だよ。私って、そんなに犬飼ってそうに見えた?」

「いや。ふと思い出したんだけど、昔、公園でよく犬の散歩してた人がいて、その人が春奈に似てたような気がして」

「ふーん。それっていつの話?」

「中学一年生のときかな」

「すごい昔じゃん。記憶力どうなってんの?」

「記憶力は良い方だから」

「あ、インテリアピールだ」

「遠野みたいなこと言わないでよ。ちなみに春奈は、犬派? それとも猫派?」

「ん~、どっちかっていうと、犬派かも。要人は?」

「僕は猫派かなぁ……」

「そうなんだ。猫も可愛いよね。……あ、着いたから行くね」

「ん。またね」

「ばいばい」

春奈は手を振りながら電車を降りて行った。

遠野は、僕が入学式で春奈に一目ぼれをしたと思っている。だけど、それは実は勘違いで、僕が春奈に恋をしたのは、今から四年以上前――中学一年生のときだった。彼女のことを好きになったのもそのときなので、一目ぼれという部分は当たっている。

だから、入学式の日に、春奈のことを遠野に尋ねたのは、決して一目ぼれしたからというロマンチックな理由ではなかった。

好きだった女の子との再会だったので、ロマンチックではあるかもしれないが。

8

中学一年生のときの、あの五日間のことは、今でも鮮明に思い出すことができる。

夏休み。僕は鷹羽自然公園に通っていた。宿題で出されていた自由研究で、鳥の観察をすることにしたのだ。鳥の観察を選んだ理由はあまり覚えていない。研究テーマをネットで調べたときに、いくつかある中から適当に決めたのだろう。

鷹羽自然公園には、小さな丘のようになっている場所があり、そこにはひと休みできるベンチが設置されていた。樹や川もよく見えることから、色々な野鳥の観察に向いているその場所で、僕は鳥を探していた。

双眼鏡と図鑑を使い、鳥の生態を記録していく。といっても、中学生ができることなんて限られていて、お世辞にも上手とは言えない絵を描いて、図鑑からそれらしき鳥を見つけて説明文を引用してくるくらいが精いっぱいだった。

鳥の観察は一週間行うことにしていた。

前日は昼過ぎに公園に来たところ、かなり気温が上がってしまったので、二日目は朝九時ごろから観察を始めた。

そして——僕は春奈と出会うことになる。

「ラッキー、そっちは川だよ。こっちこっち！」

声のした方を振り返ると、同い年くらいの少女が、大型犬を連れて歩いていた。ラッキーと呼ばれた大型犬は、少女の持つリードを引っ張ってはしゃいでいる。なかなかわんぱくな犬のようだ。少女は楽しそうに、はしゃぐ犬のリードを引っ張っていた。

「あ、ちょっと、どこ行くの？」

犬が、捨てられていたペットボトルに向かって走っていく。ペットボトルをそのままくわえたり、蹴《け》ったりしはじめた。前脚で遠くに飛ばしたペットボトルを走って取りに行く行動を何度か繰り返すと、犬は満足したらしく、少女の足もとに戻って来て、散歩の続きをせかすように舌を出した。

「はいはい。ちょっと待ってね」

少女は犬が飛ばしたペットボトルを拾って、近くのごみ箱に捨ててから、リードを引っ張って散歩を再開した。周りには人もいないんだし、元々捨ててあったものなのだから、そのままにしておけばいいのに……。

そんなことを思ってしまったけれど、彼女の姿が見えなくなるまで、僕はその後ろ姿を目で追っていた。

翌日もその少女は現れた。昨日と同じように、大型犬が走り回っているのを、少女は楽しそうに眺めていた。

「あ、ちょっと、ダメだって！　ラッキー！」

犬が僕の方に向かってきた。少し離れたところから見ていてわからなかったけれど、思っていたよりも大きい犬だった。慌ててスケッチブックを隣に置き、犬の体当たりを受け止める。

「ごめんなさい。怪我とかしてないですか？」

「うん、大丈夫」

僕はラッキーをなでながら答えた。

「わ、上手い……」

彼女が脇に置いたスケッチブックを見て言った。

「ああ、これ？」

「なんの鳥？」

「これは……たぶんウグイスだと思う」

「へぇ。鳥、好きなの？」

「別に好きってほどじゃないよ。夏休みの自由研究でやってるだけ。どっちかっていうと、犬の方が好きかな」

ラッキーを見て答えた。僕の言っていることがわかったのか、ラッキーは嬉しそうに頭突きをしてきた。

「よかったね、ラッキー」

ラッキーは舌を出しながら彼女の方を見る。

実際に触れてみてわかったことだが、ラッキーは毛並みがつややかだ。

「すごく大切にされてるんだね」

「みたいだね」

「みたいだね……って？」

他人事《ひとごと》のように言うけれど、彼女の飼い犬ではないのか。

「実はこの子、うちで飼ってるわけじゃないんだ。隣の家の人が旅行に出かけてて、その間、うちで預かることになったの」

「そうなんだ」

「隣だから、ラッキーとはまたいつでも遊べるんだけどね」

「そっか」

さっきから、一応言葉を返してはいるけれど、とても素っ気ない対応になってしまっている気がする。なんだか、緊張しているみたいだ。喉《のど》が渇く。

「ねえ、少し話さない？」

「僕でよければ」

気取った言い方になってしまったような気がしたけれど、彼女は気にする様子はなく、そのことに安心した。

「よろしくね。私は甲斐春奈。君は？」

「えっと、三森……要人」

「要人か。良い名前だね」

いきなり名前を呼ばれて、少しびっくりしてしまう。

小学生の高学年くらいから、異性とはあまり話さなくなった。だから、こういうふうにフレンドリーに話しかけられると困惑してしまう。

だけど同時に、楽しいと思う気持ちもたしかにあった。

どこの中学校に通っているとか、小学校はどこだったとか、そういった話をした。こうして出会ったのが偶然ということもあり、春奈とは、新鮮な気持ちで会話ができているような気がする。

たった数分で、僕は春奈に惹《ひ》かれ始めていた。異性と話すことに慣れていないという理由もあったと思うけれど、それ以上に、彼女は人として魅力的だった。

「あ、ごめんねラッキー。そろそろ行こうか。じゃあね、要人」

「うん。じゃあ」

「明日もいる？」

「たぶん」

「そっか。じゃあ、また明日」

「うん。また明日」

二十分にも満たない時間だったけれど、胸がポカポカして、なんだか不思議な気持ちだった。

それが恋だったのだと、今ならはっきりわかる。

中学生だった僕は、その気持ちを恋という言葉で表現することに、抵抗を感じていた。

初めての気持ちを、認めるのが怖かったのかもしれない。

9

次の日も、その次の日も、彼女はラッキーを連れて公園に現れた。

彼女が隣の中学校に通っていることもわかったし、僕と同じ一年生だということもわかった。

彼女はテニス部に入っているらしい。僕が陸上部だと言うと、意外そうな顔をされた。たしかに、自分でも文化部っぽいイメージがあると思う。

お互いの学校の面白い先生の話や、流行《はや》っている漫画の話をした。彼女の大好きな姉のことを聞いたりもした。なんでもないことを話す時間は、とても楽しかった。

「隣の家の人、もうすぐ旅行から帰ってくるから、ラッキーの散歩も明日までなんだよね」

春奈がどんな気持ちでその言葉を発したのか、僕はわからなかった。僕はそれが寂しいと思っていたし、彼女も同じように思っていてくれたら、それはとても素敵なことだ。

だから、春奈の口から、

「なんか、寂しいなぁ」

というひと言が出てきて、思わず飛び上がって喜びそうになった。

僕も同じ気持ちだということを伝えたかったけれど、もしかすると、ラッキーの散歩が終わってしまうことについて寂しいと言っているだけかもしれないと気づいて、声に出しそうになった自分の気持ちを、すんでのところで飲み込んだ。

「明日も来る？」

「うん」

「ラッキーと会えるの、楽しみにしてるね」

本当は、彼女と会えることが楽しみだったのだが、そんなこと、中学一年生の男子に言えるわけがなかった。


僕と春奈が、特別な理由なしに会える最後の日を迎えた。昨日までと同じように、ラッキーを連れた春奈が、僕の方へ歩いてくる。鳥の観察なんて、もう分量的に十分だった。だけど春奈に会いたいから、こうして僕は公園に来ていた。

時間を忘れて話をしていると、ラッキーが春奈の持つリードを引っ張った。

「っと。ラッキー、そろそろ帰る？」

今日でラッキーの散歩も終わってしまう。つまり、彼女とはこれでお別れだ。

「色々話せて楽しかった。ありがとう」

僕は素直に感謝の気持ちを告げた。

「私も楽しかったよ。こちらこそありがとね」

その表情に、寂しさのようなものが浮かんでいたような気がして——。

「……もう少し、話したいな」

僕なりの、精いっぱいの勇気だった。

「私も！　要人は今日、このあとって時間ある？」

彼女も同じように思ってくれていたことも、誘ってくれたことも嬉しかった。だけど、残念ながら……。

「これから塾なんだ」

一瞬、サボってしまおうかとも考えた。そうすれば春奈ともっと長い間、一緒にいられる。

「そっか」

春奈は少ししゅんとしたような表情になった。

「じゃあさ……今日の夜って、空いてたりする？」

どうやら僕は、一度勇気を出してみると、リミッターが外れるタイプらしい。

「空いてる！」

すぐに返事があった。もしかしたら、春奈も同じことを考えていたのかもしれない。

そうして僕と春奈は、夜にもう一度会うことになった。チャンスをもらえたような気がして、嬉しかった。

「よかったら、連絡先交換しない？」

彼女が言った。

「ラッキーの散歩がなくても、また今日みたいに要人と話せたら嬉しいなって……思って」

その言葉を聞いたとき、僕はさっき抑え込んだ喜びが爆発しそうなくらい、胸が高鳴った。

同時に、心が潰《つぶ》れそうなくらい、ギュッと締めつけられた。

僕も同じ気持ちだったけれど、素直に喜ぶことはできない事情が、僕にはあった。

夜の八時ごろ。塾が終わってすぐ、僕は公園へと走り出した。あまり遅くまで出歩くことはできないし、家族にも怪しまれてしまう。それでも、少しでも春奈と一緒にいたくて。

夜とはいえ、夏だったので、気温は高かった。春奈はすでにベンチに腰かけて待っていた。

僕の塾の話をしたり、春奈が宿題に苦戦していることを聞いたりした。

「ねえ。私の話、してもいい？」

春奈が、少し真面目な声を作る。今までとは少し違う、シリアスな話が始まる雰囲気を感じた。

「うん」

「私ね、小さいころに母親を亡くしてるんだ。交通事故で」

「……そうなんだ」

悲しげに家族の死を話す女の子にかけるべき言葉を、僕はまだ持ち合わせていなかった。

「かなり昔の話だから、普段は大丈夫なんだけど、普通の家族が、たまにうらやましくなるの。お母さんと一緒にショッピングに行ったとか、テレビを観たとか、そういう話はもちろんなんだけど、母親がウザいとか、ママと喧嘩《けんか》したとか、そういう話でも。私は話すことすらできないのにって思っちゃって……」

春奈の話に、僕はあいづちをはさむことしかできなかった。気の利いた言葉なんて、何一つ出てこない。

だけど春奈は、

「なんか、すごくすっきりした。聞いてくれてありがとね」

と、本当にすっきりしたような表情で言った。

「本当に聞いてるだけだったけど」

「家族のこと、誰かに話したの初めてなんだ。なんか、一人じゃなくなったような気がした」

どういうことだろう……。彼女は今まで、一人で悩んできたのだろうか。

その悩みを、僕は少しでも引き受けることができたのだろうか。

「というか、会ったばかりの男の子に、なんでこんなこと話してるんだろ。ごめんね」

「ううん。きっと、会ったばかりだからこそ話せることもあるんだと思うよ」

たしかに、家族や友達に話しても気を遣わせてしまうかもしれない。

おそらく、ちょうどよかったのだろう。決して僕に話したかったわけではない。ここで知り合ったのが、偶然僕だっただけで、彼女にとっては、別に誰でもよかった。

それでも、それが僕であることが、とても嬉しかった。

「話すことで春奈が少しでも楽になるなら、いくらでも話して」

「ありがとう。あのさ……もし要人が嫌じゃなかったら、また、こういうふうに会って話せないかな」

月明かりが、彼女の赤く染まった頬を照らす。胸の鼓動が強くなるのを感じた。

嬉しかった。だけど、だからこそ切なかった。

「……ごめん。もしかすると、春奈と会えるのは今日が最後になるかもしれない」

仲の良い友人にもまだ話していなかったことを、僕は春奈に打ち明ける。

「え？」

「実は僕、遠くに引っ越すかもしれないんだ」

「遠くって？」

「父親の転勤が決まって、九州に行くかもしれない。そしたら、二学期が始まるタイミングで、転校ってことになる。まだ、全部が決まったわけじゃないけど」

「そう……なんだ」

春奈はしょんぼりした表情になる。僕が遠くに行ってしまうことを悲しんでくれているようで、そのことに嬉しくなる。

「正直、僕はあんまり行きたくない。友達を作ったりとか、あんまり上手くないし」

それに、春奈にも会えたし。

「私も、要人には遠くにいってほしくない」

真っ直ぐに目を見て言われ、顔が熱くなってきた。

「あ、ありがとう」

「……行きたくないって、家族には言ったの？」

恥ずかしくなったのか、春奈は視線を逸《そ》らす。

「言ってないよ。たぶん、困らせちゃうだけだから」

僕と違って活発な弟は、新しい場所に行くことをむしろ喜んでいる。母も、引っ越しに対して前向きだ。

「ちゃんと言わないと、伝わらないと思う」

「それは……わかってるけど」

僕は、家族に対しても遠慮してしまうような人間だった。そういうことが言える性格だったら、そもそも転校だって苦じゃなかった。

「僕が言ったところで、変わらないと思う」

昔は、どんなこともできるような気がしていた。

けれど今は、子どもなんてどうしようもなく無力なのだと理解している。成長して、見える世界は広がったけれど、自分はちっぽけなままだ。

「結果が変わらないとしても、言葉にすることは大事なんじゃないかな」

春奈は、なぜか当事者である僕よりも必死だった。その必死さに、諦めの方に傾いていた天《てん》秤《びん》が、逆側に動いた。

「……わかった。こっちに残りたいって言ってみる」

僕の言葉に、春奈は嬉しそうにうなずいた。


帰宅して、僕は家族に自分の意見を言った。普段、僕はあんまり主張することはなかったので、両親には驚かれたけれど、どこか嬉しそうでもあった。どうやら、僕があまり転校に前向きでないことを察していたらしい。裏で話し合いが行われていたようで、今後のことはスムーズに決まった。僕は母と今の家に残ることになり、弟は父親の転勤先についていくことになった。

転勤といっても、期間はある程度決まっているようで、数年で戻ってこられるらしい。少しの間、家族は離ればなれになってしまうけれど、誰も我慢したり気を遣ったりすることなく生活できることになった。長期休暇には僕と母も九州に旅行しに行くという話も出ていて、僕もそれは楽しみだ。

これも全部、春奈のおかげだった。嬉しくて、すぐに彼女に報告した。

三森［こっちに残ることになったよ］
三森［弟は父さんの転勤先についていくことになって、僕は母さんとこっちで暮らすことになった］

その日、春奈からの返信はなく——一日経っても、一週間経っても、音沙汰はなかった。

どうしてだろう。原因はわからない。

だけどこのままだと『一人じゃなくなったような気がした』と言っていた彼女を、また一人にさせてしまう。

もう一度メッセージを送ってみようか悩んだけれど、そこまでの勇気はなかったし、いつの間にか時間が過ぎていて、タイミングを逃してしまった。

そうして、彼女からの返信がないまま、僕たちは高校一年生になり、再会した。

10

この二週間、僕は帰宅後、部屋でずっと探し物をしている。

探しているのは、中学一年生のときの宿題だった。捨ててはいないはずだから、どこかにはあると思うのだが、なかなか出てこない。

結局、目的のものを見つけたのは、三連休初日、土曜日の午後だった。

「……あった」

中学生の僕の夏休みの自由研究は、レポート用紙十数枚が費やされていた。当時はかなり上出来なんじゃないかと思っていたけれど、今改めて見てみるとそうでもない。これも成長の証《あかし》だろうか。

しかし、今重要なのは内容ではない。

僕が中学一年生だったときの西暦を計算し、レポート用紙に書かれた日付を確認する。その翌日の月の状態をスマホで検索し——予想通りの結果に、僕は小さく息を吐いた。

「やっぱり……」

結局、三連休は家にいた。春奈に会いたい気持ちはあった。だけど会ってしまえば、もっと彼女のことを好きになってしまいそうだった。春奈とは、メッセージのやり取りを何往復かしただけだった。

春奈の恋人として過ごせる期間の、半分が終わろうとしていた。

一ヶ月という、終わりの決まっている恋人の役割を、僕は最後まで貫き通せるだろうか……。

そんなことを考えていると、スマホが震えた。

応答すると、聞き慣れた遠野の声がスピーカー越しに聞こえた。

〈どう？〉

「何が？」

〈春奈とのことに決まってるでしょ〉

「特に何も」

〈春奈とはどっか行ったの？〉

「家にいた」

遠野からの質問を、僕はテンポ良く打ち返す。

〈三連休なのに？〉

「一ヶ月だけの恋人なんだし、あんまり会うのも違うんじゃないかって思って。それに、いくら恋人だからって、いつも一緒にいなきゃいけないわけじゃないし。お互いに一人の時間も必要でしょ」

〈ふーん。そんなもんかね〉

「そんなもんだと思うよ」

〈でも、誘われたら会うんでしょ〉

「そりゃ、会うけど……」

自分から聞いてきたくせに、遠野はスマホの向こう側で沈黙した。

「三連休は特に何もしなかったけど、金曜日は途中まで一緒に帰ったよ」

仕方ないので、こちらから報告を再開する。

〈知ってる。なんか嬉しそうに教室出てったし。三森と会えるのがよっぽど嬉しかったんだろうね〉

ひと息ついて、こみあがる嬉しさを飲み込む。

「ふーん。ならよかった」

しっかり、自分の役割を果たせているということになる。

だけど、役割という言葉を入れ続けた容器がいっぱいになってしまっていることに、僕は気づいていた。僕はもう、期限付きの恋に耐えられなくなりつつある。

隣にいる幸せを知ってしまった今では、半月後、春奈の元から離れられる自信がなかった。

どうしてこんなに、残酷な恋をしなくてはいけないんだろう。

四年前の日々を思い出す。

たった数日間の関係だったけれど、紛れもなく僕の初恋だった。春奈からの返事はなく、終わってしまったものだと思っていた。だけど、そこにはきっと事情があった。

忘恋病が原因で、春奈は僕のことを忘れていたんじゃないか。

春奈も同じように、僕のことを想ってくれていたかもしれない。

そのことがわかって、僕は自分のしていることが、ひどく虚しくなっていた。

今、春奈の本当の恋人は、五十嵐航哉だ。でも、春奈のことを先に好きになったのは僕だし、春奈も僕のことが好きだったかもしれない。

〈……やっぱり、三森に頼んで正解だった〉

普段だったら何気なく流せていたであろう、花蓮のその台詞が、今はなぜか心に刺さる。

「本当に、そう思ってる？」

自分の喉から出たとは思えないような、冷たい声だった。

〈え？〉

「遠野、言ってたよね。僕が春奈のこと好きだからって」

止まらなかった。

「だったらどうして、僕に声をかけたの？」

〈それって、どういうこと？〉

もし、隠していることを全部、僕が春奈に伝えたらどうするの？

もし、春奈が本物の恋人ではないことに気づいたらどうするの？

もし――僕が春奈のことを手放したくないって思ってしまったら、どうするの？

「もっと、他にやり方があったんじゃないの？」

スマホの向こうで、息を飲む音が聞こえた。

「今、僕たちがしてることって、本当に春奈のためになってるのかな？」

第三章　遠野花蓮の贖罪

私の醜い恋なんて、一生叶《かな》わなくてもいい。
だからせめて、彼女は幸せな恋ができますように。

1

『もっと、他にやり方があったんじゃないの？』
うるさいな。そんなことわかってるよ。
『今、僕たちがしてることって、本当に春奈のためになってるのかな？』
だから、そんなことはもう何回も考えたって。でも、しょうがないじゃん。
だって——。
「花蓮、生きてる？」
ささやくような声が、鼓膜を揺らした。

「生きてる〜」

夢の中に旅立とうとしていた私は、春奈の呼びかけで机の上に投げ出していた上半身を起こす。

「授業始まってるよ」

教壇には教師が立っていて、黒板にチョークで文字を書いていた。まだ左上にしか文字がないので、授業は始まったばかりのようだ。昼休みにうとうとしていて、そのまま眠ってしまったらしい。五時間目のチャイムにも気がつかなかった。

「ありがと」

昨日、三森から言われたことが、今も頭の片隅に残っていた。そのせいで、色々と考えてしまって、なかなか寝つけなかったのだ。

「疲れてるの？」

「お昼だから、ちょっと眠くなっちゃっただけ」

私たちはこそこそと会話をする。授業中であるにもかかわらず、あちこちで私語のやり取りが交わされていたので、目立つことはなかった。

世界史の担当である年配の教師は、教科書を読み上げながら重要語句とその説明を板書するという授業スタイルで、生徒に人気がない。今も、居眠りする生徒や、数学の問題集を堂々と広げている生徒、小声でお喋《しゃべ》りに興じる生徒がクラスの約半分を占めている。高校生というのは残酷で、教師の人気の有無を、授業態度で浮き彫りにしてしまう。

「もしかして、起こさなくてよかった？　だとしたらごめんね」

「ううん、助かった」

「ならよかった」

眠ったままでもよかったのだが、一応受験で使う可能性はあるので、とりあえず聞いておくだけ聞いておきたい。教科書とノートを机に広げ、前方に向かってぐぐっと背伸びをした。

私の悩みや迷いなんてちっぽけに思えてくるくらいに、平和でありきたりな日常だ。


三森要人が甲斐春奈の偽物の恋人になってから、二週間が過ぎた。

春奈の本当の恋人である五十嵐航哉は、先月、彼女をかばって足を怪我した。

その出来事は、春奈から笑顔を奪った。まるで五十嵐が死んでしまったみたいな落ち込みようだった。春奈の姿を見かねた五十嵐は、忘恋病を利用して、一ヶ月間だけ偽物の恋人を用意することにした。

――というのが、表向きの事情だ。

嘘ではないけれど、それがすべてでもない。もう少し複雑な事情が、裏にはある。

春奈と五十嵐が付き合っていることを知っている人間は少ない。春奈の記憶が消えてから五十嵐のことを知るまでの間に、二人の交際を知る誰かと接触してしまうと、複雑な事情も話さなくてはならなくなってしまう。かといって、忘恋病のことをいちいち説明するのも面倒だし、説明すること自体が春奈のストレスになってしまう可能性もある。彼女のためにも、知っている人間は少ない方がいいだろうという判断のもと、二人の交際は隠されることになった。別に悪いことをしているわけでもないのに、隠さなくてはならないのは釈然としないけれど、仕方がない。春奈の事情を知っている人には、一ヶ月だけ三森に恋人のふりをしてもらうということも話してあった。もちろん、五十嵐のときと同じように、学校内での接触は最低限にしているので、春奈に彼氏がいることを確信している人は、学校にはいないはずだ。

「はぁ……」

春奈に聞こえないように、小さくため息をつく。

『今、僕たちがしてることって、本当に春奈のためになってるのかな？』

春奈と三森は、少なくとも私が見る限りでは、上手《うま》くいっているように思えた。少なくとも昨日までは。

しかし昨日、三森に電話したとき、彼の様子がおかしかった。

そして私も、色々と考えなければならないことがあった。


昼休みに、私は春奈に話しかける。

「そういえば、三連休は何してたの？」

あくまで、私が三森とこまめに連絡を取っていることは伏せて、春奈に質問を投げかけた。

「ずっとゴロゴロしてた。観たかったドラマ、一気に観ちゃった！」

「三森と遊びに行ったりしなかったの？」

「しなかったよ。先週も先々週も遊んだし。あと、お互いに自分の時間も大切にしたいし」

『お互いに一人の時間も必要でしょ』

春奈の答えが、三森に言われたことと重なる。偽りの関係とはいえ、本当の恋人みたいだと思ってしまった。理想的な状況なのに、私はそれが不満だった。

「そっか。なんか素敵だね」

素っ気ない口調になってしまう。本心からそう思えたら、どれだけいいか。

「ちょっと会いたかったけどね」

少し恥ずかしそうにしながら、春奈は微笑む。彼女は三森に、ちゃんと恋をしているように見えた。

胸がチクリと痛む。この痛みの原因は、嘘をついているという罪の意識であって、それ以外の何かではない。必死に言い聞かせて、平静を装う。

「なんかいいね、そういうの」

春奈の顔が真っ直ぐに見られなくて、私は目を伏せて言った。

私に普段から愛想がないからか、春奈は気にしていないようで、三森の話を続ける。

「それにしても、もう二週間経ったけど、あんな優しい人が私の彼氏なんて、びっくりしちゃった」

「え、優しいかな？」

三森の顔を思い浮かべる。顔が良いとかならまだわかるけれど、優しいというのは、ちょっと違うんじゃないか、なんて失礼なことを思った。

「そもそも私と付き合ってくれてる時点で優しいよ。だって、毎月忘れちゃうのに、それを受け入れてくれてるんだから」

「まー、そうかもね」

そんなことないよ、なんて言葉は、むしろ春奈の負担になることがわかっていた。彼女は気を遣われるのが苦手だ。それに、春奈が毎月忘れているのは、三森じゃない。五十嵐航哉だ。だから優しいのも、三森じゃない。もちろん、そんなことは言わない。

「でしょ」

「でもインテリアピールはウザい」

私のちょっとした悪態にも、春奈は楽しそうに笑ってくれる。

春奈を騙《だま》しているという罪悪感が表に出ないように、私は表情を取り繕う。

いくら春奈のためとはいえ、嘘をついていることに変わりはない。今更、そのことについて言い訳をするつもりもないし、もし仮に、春奈にこのことがバレたとしても、責められる覚悟はしている。

だけど今のところ、春奈は、三森が恋人である状況を受け入れているように見える。

では三森は、好きな人の偽物の恋人を演じている状況を、どう思っているのだろうか。

来月には、春奈の記憶から自分の存在が消えているのだということに、そろそろ虚しさを感じ始めているのではないだろうか。昨日、電話をしたときの態度からも、それを察することができた。

本当に、自分の性格の悪さに辟易《へきえき》する。

これをきっかけに、春奈への恋心を、三森が少しでも諦《あきら》めてくれたらいいなんて、そんな酷《ひど》いことを考えている自分の醜悪さが、どうしようもなく嫌で耐えられない。

だって、そうなったら——三森も少しは私のことを見てくれるんじゃないかって、思ってしまったのだから。

2

二年半前の春。

真剣なその横顔に、私は恋をした。


中学二年生の春休み。

心配性の母親の強い要望により、私は少しだけ家から離れた塾に通うことになった。そのときの私の志望校は、今通っている鷹羽高校ではなく、もう少し偏差値の低い、隣町の高校だった。

しかし塾に通い始めると、今までの私の勉強がいかに無駄の多いものだったかを証明するかのように、成績はぐんぐん上がり、鷹羽高校に挑戦できるまでになる。もちろん、私自身がそれなりに頑張ったからだけど。

結果的に、親友である春奈と共に、鷹羽高校に合格することができた。今では、母親の心配性に感謝している。

そして、その塾でよく話すようになったのが、隣の町の中学校に通う三森要人だ。

彼を初めて見たのは、入塾した翌日だった。

学校とは違い、座席は自由という慣れないルールの中、私は窓際の席に座ることにした。そのときに、隣の席に座っていたのが三森だった。

テキストを眺める彼に、視線が釘付《くぎづ》けになる。とても綺麗《きれい》で静謐《せいひつ》な横顔を見て、時間が止まったかのようにすら思えた。

生徒が座る席に指定はないが、毎回なんとなく決まっている。三森はいつも窓際の一番後ろの席に座っていて、私はいつも彼の隣に座っていた。

いつの間にか、友達と呼べる関係になった。どのタイミングで彼の名前を知ったのか。初めて喋ったのはいつなのか。そういった部分は曖昧《あいまい》だったけれど、気づけば私たちは、よく話すようになっていたのだ。

授業を受ける教室とは別に、塾には自習室があった。夏休みにはよく自習室で勉強をしていたのだが、私が先に来ているときは三森が、三森が先に来ているときは私が、お互いの隣に座るようになっていた。そういう、暗黙の了解みたいなものが私たちの間に出来上がっていた。

他にも塾で話す人はいたけれど、一番仲が良かったのは、たぶん三森だったと思う。

おそらく私たちは、相性が良かった。似た者同士という言葉が適切かどうかはわからないけれど、私は彼の中に自分と通ずるものを感じていた。

中学生というものは、周りと同じでなければ不安になってしまう生き物らしいのだが、私も三森も、周囲に合わせることが苦手で、さらにそれを面倒だと思うタイプの人間だったのだ。

かといって、協調性がないわけでも、個性的すぎるというほどでもなかったので、そこまで浮いていたわけでもなく、ただ単に、友達の少ない一般人というような立ち位置だった。

三森は、話し相手としてちょうどよかった。三森の方も同じように思ってくれていたみたいで、私たちはそれなりに仲の良い友人になった。

たまに、わからない問題を教え合ったりもした。英語は私が、それ以外は三森が教えることが多かった。

彼は、とても頭が良い男子だった。特に理数系の科目に関しては、私には手も足も出ないような難問もすらすらと解いてしまう。そして悔しいことに、彼の説明はわかりやすかった。

さりげなく、三森の志望校を聞いたことがあった。それが鷹羽高校だったことが、私が勉強を頑張ったことと関係がないとは言い切れない。

三森は大人しいようでいて、中学生の男子特有のちょっと馬鹿な思考回路を持っていたりもする。

「あれ。珍しいね、炭酸なんて」

自習室では、生徒は何かしら飲み物を机の上に置いていて、三森の場合は麦茶かジュースのことが多いのだが、今日はサイダーだったので、疑問に思って聞いてみたのだった。

「ああ、これは罰ゲーム。僕、炭酸苦手なんだよね」

「罰ゲーム？」

「うん。昨日勉強サボって寝ちゃったから、罰として今日はサイダー」

「サイダーを罰ゲームにする人、初めて見た。青汁とかにしときなよ」

「青汁は近くに売ってないし。というか、炭酸ってなんであんなに人気なんだろ。意味わかんないんだけど」

三森は目の前に持ってきたペットボトルをじっと見つめる。まるで、炭酸が不味《まず》い原因を探すみたいに。

炭酸好きな私からすれば、炭酸が嫌いな人の方が意味がわからない。

「飲んであげよっか？」

言った後で、それだと間接キスになることに気づき、慌てて付け足した。

「あ、そうだ。炭酸抜けばいいんじゃない？」

「それじゃあ罰ゲームにならないでしょ」

何も意識していない口調だったことが少し悔しくて、私も気にしていないふりをする。

「たしかに」

「でも、もうやめようかなって思う。この罰ゲーム」

「そんなに苦手なの？」

「いや、炭酸飲めば勉強しなくていいって考えになっちゃうから」

「あはは。それは危険だね。ってか三森、勉強はそんな嫌いじゃないイメージあるけど」

むしろ、よくそんなに集中して勉強できるな……と感じるくらいだ。

「う〜ん、勉強っていうよりも、暗記が嫌いみたい。社会とか、英語とか……」

「あ〜。たしかに、数学はできるもんね」

「覚えること少ないし」

「うわ。発言が天才じゃん」

私にとっては逆で、数学は公式に加え、問題ごとの解法も覚えないと解けないので、暗記する量が他の科目よりも多いと思っている。

「英語ができる遠野の方が天才だと思うけどな。どうしてそんなに英単語覚えられるの？　もしかして、まぶたの裏とかに答え書いてる？」

いつも落ち着いているように見える三森から、普通の男子みたいなふざけた発言が出てくることを、そういう姿を見せてくれることを、私は嬉しいと思ってしまった。褒められたことも、もちろん嬉しかった。

頭が良くて、同級生の男子たちよりちょっと大人で、だけどユーモアもある三森のことを、私は好ましいと思っていたし、それが恋愛感情かもしれないと考え始めるようになる。

塾で初めて見た三森の姿は、たびたび私の頭の中に現れた。真剣な横顔。一点をじっと見つめる瞳《ひとみ》。真っ直ぐな唇。海外の美術館に展示されている彫刻みたいに、美しくて芸術的だった。

海外どころか、美術館にすら行ったことなんてないけれど。

「三森くんってめっちゃイケメンじゃない？」「わかる！　でも、全然笑わないよね」「それなー。話しかけるハードル高すぎ」

同じ教室にいる女子たちが、そんな会話をしていた。たしかに三森は表情が乏しいし、不愛想だけど、普通に話しかければ反応してくれるし、たまに面白いことも言う。

彼の本質を、私だけが知っているような気になって、優越感に浸る。

今の三森が、多くの人にとって話しかけづらい人間であるのならば、彼には、ずっとそのままのイメージでいてほしかった。

そうすれば、私が独り占めできるから。

3

三森と出会ってからの一年間、塾でよく話す友人という関係性を続けてきた。塾のない日に待ち合わせて遊んだり、連絡を取ったりといったことはしなかった。

初めて出会った春。

英単語の問題を交互に出し合った夏。

塾の帰りに寄り道をして、公園のベンチでジュースを飲んだ秋。

お互いに受かるといいね、なんて言い合った冬。

決してロマンチックな関係ではないし、親しいかと言われたときに、自信を持って首を縦に振れるわけでもないけれど、私にとってはどれも大切な記憶で。

三森要人への感情が恋であることを、私は時間をかけて理解していった。

だけど残酷なことに、友達の期間が長いほど、恋愛対象として見てもらえなくなるらしい。だから私は、同じ高校に合格できたら、頑張ってアプローチしてみようと思っていた。まずは気持ちを伝えて、恋愛対象として見てもらうところからスタートだ。そのためには、ちょっと髪型も変えてみたりしようかな、なんてことも考えていた。三森はあまり恋愛ごとに興味がなさそうで、険しい道になるかもしれないけれど、楽しみでもあった。

鷹羽高校に合格したときは嬉しかった。三森も合格したらしいと聞いて、安堵《あんど》で胸をなでおろした。彼は頭が良かったし、数学が得意だったので、理数科かもしれない。

とにかく、夏休みまでには告白しよう。そんな決意さえ抱いていた。

それなのに……。

『ところで、今の人って誰？』

入学式の日、春奈のことを尋ねる三森の表情を見て。

あっという間に、私の決意は崩壊した。

それが恋だとわかってしまったからだ。

三森の横顔を見たときの私みたいに、三森は春奈に恋をしてしまったのだ。

きっと私のことをただの友達としか思っていない男の子を、あっけないほど簡単に、春奈は振り向かせた。

私の方が先に好きだったのに……なんて恨み言は、どこまでいっても無意味でしかなくて。

私の恋は、笑えるほどあっけなく散ってしまった。

ねえ、もし三森が春奈を見つけてしまう前に、私が告白していたら、三森は私と付き合ってくれた？

そんなこと、本人に聞けるはずがなかったけれど。

どうしても、都合の良い結末を想像してしまう私は、とても弱い人間だと思う。

春奈のことは大好きだ。明るくて可愛い、私の自慢の友達で、とても素敵な女の子だと思っている。

だけど、それとは別の感情も抱いている。憎しみとか、嫉妬《しっと》とか、そういうものではないと、そんな汚くて醜い感情ではないと、私は自分に言い聞かせているけれど、きっと本質は同じもので。

お腹の底に渦巻く黒い感情は、絶対に春奈には見せられない。

それでも春奈と友達でい続けられたのは、春奈がいい子だったからだ。片想いの相手をとられたくらいで、嫌いになれるような人間ではない。そもそも、とられたという表現も違うし……。

そんな女の子だから、もちろん交友範囲もそれなりに広かった。少なくとも、私よりは。だけど、ちょっとした雑談をしたり、たまに一緒に遊びに行く程度の付き合いで、私以外の特定の誰かと交流を深めることはなかった。他人に対して、どこか一線を引いていた。私だけが、その線の内側にいることに、優越感を抱いていた。中学三年生のときの、三森に対する感情と一緒かもしれない。私は結構、独占欲が強いみたいだ。

私の春奈に対するプラスの感情とマイナスの感情は、足し合わせればプラスになる。もちろん、人間の感情が全部、直線上にあるとは思わないけれど。

好きな人に好きな人がいるから諦めるという人もいれば、そんなことは関係なく振り向かせてやる、と考える人もいる。私はどうやら後者に近いらしい。

三森に好きな人ができたから、彼への想いを諦められるかというと、まったくそんなことはなかった。むしろ、春奈にアプローチする素振りを見せない三森を見て、苛立《いらだ》ちさえ覚えていた。

春奈に一目ぼれをした三森は、彼女を紹介してくれと私に頼んでくるかと思ったが、決してそんなことはなかった。断る準備はしていたのに。

だけど、廊下や通学路で春奈と歩いているときにすれ違う三森の視線は、春奈の方に向いていて、彼は春奈のことが好きなのだと確信していた。

それなのに、三森は春奈にアプローチをしない。それどころか、ひと言も交わそうとしなかった。

もしかして、私の知らないところで、直接春奈に接触したのだろうか。

一年生の夏くらいに、私は春奈に尋ねてみたことがある。

「ねえ春奈、三森要人って知ってる？」

「え、芸能人？　ごめん、全然知らない」

だそうだ。

「そっか。ならいいや」

安心しながら苛立つという、矛盾した感情を私は飲み込んだ。


「彼女とか作らないの？」

三森の方にもさりげなく聞いてみたことがあった。春奈が委員会で遅くなる日、偶然、帰りのタイミングが一緒になった三森と歩いていたときのことだ。

「理数科で帰宅部の男子にそれ聞く？」

理数科の男女比は、約八対二だ。出会いがないと言いたいのだろう。

「あんたの顔ならいくらでもできるでしょ」

「別に、今はそういうの要らないし。それに……」

「それに？」

「なんでもない」

　三森は口を閉ざす。

「いいじゃん。言ってよ」

「恋人って、作ろうとするもんじゃないと思うんだよね」

「何それ、カッコいい。私の座右の銘にしていい？」

「バカにしてるでしょ。だから言いたくなかったんだよ」

　三森はジトっとした目で私を見る。

「ごめんごめん」

「でも、さっきのが本音。別に、恋人がほしいとかは思わない」

　草食系ともちょっと違うようで、好きであることで恋が完結してしまうタイプらしい。重症だと思う。

　彼のそういうところが素敵だと思ってしまう私も、なかなかに重症だった。

4

　結局、三森が積極的にアプローチしてくるということはなく、春奈に彼氏ができた。

　早く行動しないからそうなるんだ。ざまぁ見ろ。心の中で思うくらいは許されるだろう。私にも刺さったけど。

春奈の彼氏は、五十嵐航哉というバドミントン部の男子だった。

スポーツ科。イケメン。全国大会出場。優しい。非の打ちどころのない人間だ。

そんな男子が春奈のことを好きだと思ってくれたことが、私は誇らしかった。

早速、三森にも教えてやった。

「よ。帰り?」

「そうだけど」

春奈が五十嵐と付き合うことになった翌日。今まさに帰ろうとしている三森に、後ろから声をかける。偶然を装っていたけれど、十五分くらい待ち伏せしていた。

「一緒に帰ろうよ」

「いつもの友達はどうしたの?」

わざとらしく、春奈の名前を忘れたふりをする三森に、ちょっとだけイラっとした。

「春奈、彼氏ができたから、そいつと一緒に帰ってる」

「あー……そうなんだ」

三森が春奈を好きだということを知っていないと気づけないほどの、一瞬の動揺。一応、ショックは受けているらしい。

「残念?」

なんて、調子に乗って聞いてみる。

「なんで?」

と、今度は即座に返ってくる。

「なんとなく」

私はいたずらっぽく笑う。

「幸せになれるといいね」

負け惜しみではなく、本心から出たであろうその台詞《せりふ》に、私は苛立ちと呆《あき》れを同時に覚えた。

春奈に彼氏ができたからといって、三森が私の方を見てくれるかというと、そんなことはまったくなく。

三森は、それでも春奈に惹《ひ》かれている。

春奈が五十嵐と付き合い始めて一ヶ月も経てば、私はどうしようもなく、そのことを理解してしまった。

学校ですれ違うときの三森の視線は、いつだって私ではなく、春奈の方を向いていて。春奈に恋人ができても、彼の気持ちに影響はないのだろう。一方通行の恋だと、最初からわかっていたかのように、春奈のことを好きであり続けた。

三森要人は、そういう純粋で透き通った恋をしていた。

他の誰が三森のことを想っていようと、三森は春奈のことだけを想っていた。彼のことを好きでいるのが、なんだか無意味にすら思えてくるほどに。

つまり、相変わらず私たちは、友達のままだった。

どうすれば三森は、春奈のことを好きじゃなくなるのだろう。

五十嵐航哉は、私が思っている以上にいいやつだった。

スポーツ科の男子には、なんとなく怖いイメージを抱いていた。体格も声も大きくて、気性の荒い人間。そんな、中学までの運動部の男子に対する私の印象は、五十嵐航哉によって覆される。

最初は正直、完璧《かんぺき》すぎて何か裏があるんじゃないかとか、春奈のことは本気じゃないのではないか、とか思って警戒していたけれど、五十嵐と何度か話すうちに、そんな考えもバカらしくなってきた。それくらい、彼はいい人だ。

春奈が顔を赤らめて、告白されたということを報告してきたときのことを思い出す。

「花蓮、聞いてほしいことがあるの」

そう切り出した春奈は、五十嵐航哉に付き合ってほしいと言われたことを、しどろもどろになりながら私に打ち明けた。

「付き合うことにしたの？」

とは聞いたものの、春奈の表情を見ていれば、その答えは明らかだった。

「うん」

と、頬を赤らめながらうなずく春奈がとても可愛くて、頭をなでてしまいそうになる。

彼女の中に、恋愛に対する強い憧《あこが》れがあることを、私はなんとなく察していた。はっきりと口に出していたわけではないが、普段の言動から読み取れる。

だけど同時に、恋愛というものを過大評価しているようにも見えた。付き合い始めた男女が、小さな喧嘩《けんか》をしたりすれ違ったりしながら、やがて結婚して、幸せな家庭を築く。そんな、純粋な少女漫画のような恋を、春奈は理想としていた。

純粋と言えば聞こえはいいが、おめでたいとも言えてしまう。

現実の恋は、きっとそんなに綺麗じゃない。

私だって、そんなに恋愛経験があるわけではないけれど、それはわかる。

高校のときに付き合い始めて、そのまま死ぬまでお互いに好きでいられる人たちが、この世界にはどれくらいいるのだろう。


春奈と五十嵐が付き合うことになってから最初の日曜日に、彼のことを紹介してもらうことになった。付き合い始めたばかりなのだから、二人で仲良く出かければいいのに、などと思ったが、春奈が私を大事に思ってくれているということでもあるので、そこは嬉しい。

付き合っていることは、特別に親しい人以外に公表するつもりはまだないらしく、学校から少し離れた場所で、私たちは会うことになった。

五十嵐は、全校集会で部活の成績を表彰されていたこともあり、女子たちの話題にもよく上っているので、バドミントンが強い人気者の男子という認識しかなかった。

話したこともないし、実際に彼がバドミントンをしている姿を見たこともない。なんだか、アニメや漫画のキャラクターみたいな存在のように思えてくる。

私がそうなのだから、春奈との接点もないはずだ。五十嵐はどうやって、春奈のことを好きになったのだろう。

「遠野さんと、こうしてちゃんと話すのは初めてだね」

私の方を真っ直ぐに見て、朗らかな笑顔で五十嵐は言った。

「そうだね」

短く返す。

このときの私はまだ、運動部の男子に偏見があって、五十嵐のことも、まだ全面的に信用しているわけではなかった。親友である春奈をとられたという気持ちも少し、いや、だいぶあったかもしれない。

「春奈が言ってた通り、クールな人だね」

私の敵意をものともせず、隣に座る春奈に笑いかける。

「うん。花蓮はすっごく格好良いんだから」

春奈も楽しそうに答える。

二人の仲の良さを目の当たりにしたことと、自分が褒められたこと。二重の意味で照れくさくなってくる。そんな二人に、私の警戒心も薄れてきて、会話はほどほどに弾んだ。その結果、五十嵐航哉は、とてもスマートな男子だということが判明した。

体格はがっしりしているというほどでもないが背は高い。声もよく通る。それなのに、威圧的な感じはなく、むしろ頼れるお兄さんといった印象を与えるような、柔らかい雰囲気を持ち合わせていた。

春奈は親友だからとか、五十嵐は人気者だからとか、そういうひいき目なしで見ても、二人はお似合いだと思った。春奈の様子を見ていると、本当にこのまま結婚してしまうのではないかとも思わされる。

春奈もそうだけれど、五十嵐の方もかなり一途な人間だと思った。浮気もしなそうだし、感情的になっているところも想像できない。今日ちゃんと話したばかりなのに、そんなことが判断できるのかと言われてしまえばそれまでだけど、私の直感は結構当たるのだ。

そして三日後、最悪に近い形で、それが証明されることになる。

5

春奈が五十嵐と付き合い始めて一週間が経ったある日。

春奈の忘恋病が発覚した。

朝、教室に入ると、こわばった顔の春奈が、私に尋ねてきた。

「ねえ、花蓮。この人、知ってる？」

スマホの画面には、五十嵐航哉のアイコンと名前。

最初は冗談だと思った。

だから私は、軽い調子で返事をする。

「何言ってんの。春奈の彼氏でしょ」

まだ周囲には彼氏ができたことを大々的に公表していないので、あくまで小声で。

「…………」

春奈は黙ってうつむいてしまう。

「もしかして、喧嘩でもした？」

もし喧嘩したのであれば、私は春奈の味方だ。客観的に見て、どれだけ春奈の方が悪かったとしても。

「そう……だよね。私、毎日メッセージのやり取りしてるもんね」

春奈は画面をスクロールしながら呟《つぶや》く。まるで、自分がメッセージを送ったことを覚えていないかのような言い方だ。

そこで私は、ようやく気づく。春奈の顔のこわばりは恐怖によるもので、本気で五十嵐航哉が誰かをわかっていないのだと。

五十嵐航哉「おはよー」

今日の朝に五十嵐から送られてきた、なんでもないメッセージ。既読マークがつけられたそれは、どこか寂しそうに、画面にポツンと浮かんでいた。

「……何も、覚えてないんだ」

喉《のど》からどうにか絞り出されたような、か細い声が、私の頭をぐわんぐわんと揺らした。

記憶喪失。

そんな言葉が思い浮かぶ。

私は最初に、春奈の姉である七海さんに相談することにした。メッセージアプリで通話ボタンを押すと、彼女はすぐに電話に出てくれた。

七海さんは春奈に彼氏ができたことは知らなかったようで、最初は事態を呑《の》み込めていないようだった。何をどう言ったか覚えていなかったが、私が必死であることは伝わったらしい。頭の良い七海さんは、動揺した私の話を理解してくれた。

私たちは早退し、七海さんの車で病院に向かう。春奈はそこで脳の検査を受けた。

五十嵐には、私の方からメッセージを送っておいた。病院に向かう車内で、春奈から五十嵐の連絡先を転送してもらっていた。返事がないけど気にしなくて大丈夫、色々あって、今は病院で検査を受けている、と送ると、すぐに着信があった。

〈春奈は無事なの？　今、どこ？〉

スマホ越しでもわかる、切羽詰まった声が鼓膜を揺らした。

「大丈夫だから落ち着いて。今はまだ病院にいる」

〈どこの？〉

早退するつもりだろうか。私が病院の名前を告げると、通話は切れた。

変に隠すよりも、ありのままを伝えた方がいいと思ったのだが、逆効果だったようだ。

「春奈、彼氏ができたんだね」

七海さんのところへ戻った私に、彼女はそう言った。

「そうなんです。めちゃくちゃいいやつで、イケメンだし、バドミントン強いし……」

今だって、春奈の身を案じて、たぶんこっちへ向かってる。

「なんか、嬉しいなぁ」

「え？」

「だって春奈、そういう話を全然してくれなかったんだもん」

言葉通り、嬉しそうに、だけどちょっと悲しそうに、七海さんは笑う。

「そうだったんですね」

春奈が七海さんに報告していなかったことは意外だったけれど、離れて暮らしている姉妹はそんなものかもしれない。それに、まだ付き合って一週間だ。

「うん。だから、相手が誰かとかはあんまり関係なくて、春奈に好きな人がいたっていうことが、私はすごく嬉しい。もちろん、それを忘れちゃったっていう今の状況は心配ではあるけどね」

「そうですよね。春奈はどうして、あんなに好きだった人のこと、忘れちゃってるんだろ……」

そのとき感じていたのは、春奈が私のことも忘れてしまったらどうしよう、という、自分勝手な懸念だった。

「今は、悪い診断結果にならないことを祈りましょう」

「はい」

七海さんは、私を勇気づけるように微笑んだ。

七海さんは私にとって、理想の大人だった。文房具メーカーでバリバリに働いていて、頼りがいがあって、とても優しい人。去年、結婚したという話も聞いていて、春奈からウェディングドレス姿の七海さんを見せてもらったけど、とても綺麗だった。さっきだって、私の話を聞いてすぐに駆けつけてくれた。

七海さんみたいに、強くて格好良い女性になりたい。

そうすれば、三森だって、少しは私のことを見てくれるかもしれないから。

親友が大変なときにまで、そんなことを考えている自分のことを、また少し、嫌いになる。

「ありがとね。花蓮ちゃん」

「いえ……」

お礼を言ってもらう資格なんて、今の私にはない。

6

四十分くらいが経過し、私と七海さんが診察室に呼ばれた。

「検査を担当した濱口と申します。甲斐春奈さんの検査結果について、ご説明いたします」

春奈の隣に座る濱口さんは、三十歳くらいの女性の医師だった。目力が強くて、何もかもを見透かされてしまうような、不思議な魅力のある美しい人だった。医師として働いているくらいなのだから当たり前かもしれないが、口調から、とても聡明なことが伝わってくる。

「よろしくお願いします」

七海さんが頭を下げる。

「あ、えっと……私もいていいんでしょうか？」

濱口医師の隣に座っていた春奈の方に視線をやる。すでに検査結果を説明されているのだろう。彼女は不安そうな表情を浮かべていた。

もし、深刻な病気だったら……私はそれを受け止める覚悟はまだない。ただの友人でしかない私には、この空間は重すぎると思った。

「私が、花蓮にも聞いてほしいって言ったの」

春奈が私の方を見た。困ったように笑う顔がなんだか痛々しくて、目を逸《そ》らしてしまいそうになった。

「それに、花蓮がいてくれた方が、私もありがたいし。大丈夫。そんなに深刻な病気じゃないから」

記憶を失うことが、深刻じゃないわけがない。そう思ったけれど、口には出さなかった。

「……では、改めてご説明いたします」

私が何も言わないでいると、濱口医師が口を開いた。緊張感と不安でいっぱいになる。

だけど、一番怖いのはきっと春奈自身だ。

ごくり、と唾《つば》を飲み、背筋を伸ばす。

「まず、春奈さんの脳には異常が見つかりました。が、命に別状はありません。そこは安心してください」

よかった、という台詞が思わず口からこぼれる。隣で七海さんも、安堵したように息を吐き出すのがわかった。

「そして今回、春奈さんが知人のことを忘れてしまっていた件につきまして、詳細をお話しします」

濱口医師は、パソコンの画面に一瞬視線を向け、すぐに戻す。検査結果が間違いではないことを確認するようなしぐさだった。

「月光性恋愛健忘症。忘恋病の一種です。忘恋病というのは、簡単に言うと、恋に関する記憶が定期的に消える病気です」

　聞いたこともない病名と症状。七海さんも同じだったようで、眉間《みけん》にしわを寄せていた。

「定期的に、と申し上げましたが、月光性恋愛健忘症の場合は、満月の日に記憶がリセットされるものになります。非常に症例の少ない病気で、治療法も確立されていません。月の満ち欠けとの関連性はまだわかっていませんが、原因は、精神的なものであると考えられます」

　専門的な用語をいくつか交えながら、詳しい内容を話してくれたが、正直、よくわからなかった。病気の内容が衝撃的だったというのもあるだろう。

　とりあえず、春奈は恋の記憶を約一ヶ月ごとに失ってしまうということは理解できた。


　私は待合室のベンチに座っていた。七海さんは保護者として、春奈と濱口先生と、今後の方針などについて話している。

「春奈……」

　どんな言葉をかければいいか、わからなかった。

　五十嵐に告白されたと報告してくれたときの、春奈の嬉しそうな表情を思い出す。今はもう、そのことすら忘れているのだと思うと、胸の辺りが、ギュッと絞られるように痛んだ。

　足音が聞こえて顔を上げると、春奈と七海さんがこちらに歩いてくるところだった。

「ありがとね、花蓮。今はもう大丈夫。原因がわかれば、治るかもしれないし」

　春奈は笑みを浮かべる。でも、大丈夫なわけがない。

「五十嵐くんにも謝らないと。きっと、心配してるよね」

自分のことよりも、他人のことで悲しそうにする春奈の姿が痛々しくて、私は何も言えなかった。

ちょうどそのとき、入り口の自動ドアが開いた。

「春奈！」

名前を呼ばれた春奈は、ビクッと体を震わせる。

入ってきたのは五十嵐航哉で、真っ直ぐに私たちのところに向かってきた。授業を抜け出してきたらしい。

私から見れば、彼女のことを心配して駆けつけた彼氏だが、今の春奈にとって、五十嵐はまったく知らない男子だ。

「五十嵐。大丈夫だから、落ち着いて」

私は春奈をかばうように、一歩前に出る。

私たちは病院のロビーに出て、五十嵐に春奈の病気について詳しく教えることにした。

七海さんは職場に電話をすると言って、一度外に出た。私たちに気を遣ったのかもしれない。

さっき聞いたばかりの話を、五十嵐に向けて説明する。改めて言葉にすることで、悲しい気持ちがより膨れ上がった。自分のことではないのに、こんなにも胸がきつく締めつけられる。

春奈は今、どれだけの苦しみを感じているのだろう。想像もできない。

私の話を聞いた五十嵐は、驚いてはいたものの、思ったよりも冷静だった。

「とりあえず、よかった……。命に関わる病気じゃなくて」

胸を押さえて、絞り出すように吐き出した。

この人は、本当に春奈のことが大好きなんだな。改めてそう思わされた。

「えっと……五十嵐くんは、私の彼氏なんだよね」

成り行きを見守っていた春奈が口を開く。

「五十嵐航哉。スポーツ科の一年生。……一応、そういうことになってる」

「ごめんね。私、五十嵐くんのこと、全然覚えてなくて……」

申し訳なさそうに謝る春奈に、五十嵐は迷うことなく言葉を紡ぐ。

「大丈夫」

真剣な瞳を春奈へ向けて、神様に誓うみたいに、五十嵐は宣言した。

「俺はずっと春奈のことを好きでいるし、春奈との思い出は、俺が全部覚えてるから」

堂々とした、力強い声。聞いている私まで照れてしまうような、真っ直ぐな台詞だった。

一瞬で考えて出てくるような言葉ではない。だからきっと、それが五十嵐の偽らざる本音なのだろう。

「五十嵐くん……」

「……ごめん。いきなりこんなこと言われても、怖いよな。でも、何回だって春奈のことを好きにさせる。だから改めて、俺と付き合ってほしい」

そんなことを言われて、嬉しくない女の子なんているわけがない。

春奈は頬をピンク色に染めて、恥ずかしそうにうなずいた。

そんな二人のことを見て、私は打ちひしがれていた。

だって――この約束も、春奈の記憶から消えてしまうのだ。

五十嵐はそのことをわかっているのだろうか。彼とは少ししか言葉を交わしていないが、頭の回転は速い印象があった。きっとわかっていて言っているのだろう。

恋人として春奈と付き合うのであれば、春奈の忘恋病が続く限り、顔も名前も、かけた言葉も、交わした約束も、何もかもが彼女の中から消えてしまうのだ。

そんな残酷な恋が、この世界にあっていいのだろうか。

7

学校には戻らずに、病院から直接帰宅することになった。七海さんが車で送ると申し出てくれたけれど辞退した。大事な妹に病気が発覚して、七海さんだって本当はいっぱいいっぱいなのではないかと思った。五十嵐も同じように断り、私は彼と二人で帰ることになった。

駅まで運行するバスの中で、私は五十嵐に尋ねた。

「さっき言ったこと、本気なの？」

一ヶ月ごとに自分のことを忘れてしまう恋人と付き合い続けるなんて、想像もつかないくらい大変なことだと思う。春奈にとってもつらいはずだ。それを一途で美しい恋として、単純に賛同することはできない。

だけど、五十嵐は本当に春奈のことを大事にしている。付き合い始めてまだ半月も経っていないけれど、これまでの二人の言葉や表情から、それが読み取れた。

彼が本気なら、私もそれなりに覚悟をしなくてはいけない。そもそも二人のことなので、私が口を出すのも違うのだろうけれど。

五十嵐は、少し迷ったように黙り込んでから、何かを決意したように口を開いた。

「正直、さっきは勢いで言ったところもある。でも、今はちゃんと心からそう思ってる。シンプルに考えれば、何も迷うことはなかった。春奈のことが好きだから、春奈のそばにいたい。それだけの話だ」

どこまでも真っ直ぐに、五十嵐は春奈に恋をしている。

「そっか。それなら、私も協力する」

勢いで言ったところもある、なんて素直に言わなくても、黙ってればバレなかったのに。でも、だからこそ彼を信用することができた。

「ありがとう。遠野って、本当に春奈のことが大事なんだな」

屈託のない笑みでそんなことを言われてしまう。私がさっき五十嵐に思っていたこととまったく同じだ。

そんなの、降参するしかないじゃないか。

正直、春奈のことがうらやましかった。

大きなハンデをものともせず、想ってくれる人がいるということが。

例えば私が三森と付き合うことになったとして。

三森の記憶から、私が一ヶ月ごとに消えてしまうとしたら、それを受け入れられるだろうか。

例えば春奈が、恋に関する記憶だけではなく、私との記憶も消えてしまうとして、私は今まで通りに春奈の友達でいられるだろうか。

五十嵐のことを忘れてしまった春奈の様子を見て、私は動揺してしまった。

だけど当の本人は、春奈の病気のことを聞いたときに、これからも春奈の恋人でありたいと迷わず言い切ったのだ。

それくらいに本気で、春奈のことが好きなのだと思い知った。

私が彼の立場だったらきっと、少なくともすぐには全部を受け入れることなどできないだろう。

だからこそ、純粋な恋を見せつけられて、嫉妬にも似た感情が、たしかに私の中に芽生えた。


春奈の恋の記憶が消えてから最初の一ヶ月。

二人の交際は、お世辞にも順調とは言い難いようだった。

「五十嵐とは、あんまり上手くいってないみたいだね」

「……あはは。わかっちゃうよね」

春奈は力なく笑う。最近の彼女は、明らかに元気がない。

「航哉は、色々と気を遣ってくれるんだ。でも、それがなんかしんどくて……」

「気を遣ってくれるのは、春奈のことが好きだからだと思うけど……。春奈は、何がどうしんどいの？」

「う～ん。もちろん、私のためっていうのはわかってるんだけど……なんて言ったらいいんだろ。ごめん、上手く言葉にできない」

今の春奈は、モヤモヤしたものを持て余しているように見えた。

「忘恋病だから優しくしてくれてるんじゃないか……って思っちゃう、とか？」

「うん、それかも！　花蓮、どうしてわかったの？」

一方的に何かをしてもらっている状態が気持ち悪いという感覚は、誰でも少しは持っているものだろう。

「そりゃ、春奈のこと、ずっと見てるからね」

私はずっと春奈の隣にいた。春奈の気持ちは、誰よりも理解しているつもりだ。

五十嵐よりも。そして、三森よりも。

「春奈は、特別扱いしてほしくないってこと？」

「そうだね。優しくされるのは嬉しいけど、あんまり、気にしないでほしいというか、無理はしないでほしいというか……。わがままなのはわかってるんだけどね」

人として優しくされることと、特別扱いされることの境界線は、とても曖昧だと思う。

「大丈夫だよ。五十嵐は、忘恋病だから春奈のことを好きになったわけじゃないでしょ」

「うん……そうだよね」

その言葉だけで、春奈の悩みが解決するわけではないけれど、彼女の抱えているものを少しでも軽くできていたらいい。

後日、私は五十嵐に、春奈と話したことをそのまま伝えた。彼も悩んでいたらしく、ものすごい勢いで感謝された。

「たしかに、忘恋病のことを気にしすぎてたかもしれないな……」

過度に慎重になっていたと、五十嵐は反省していた。

「これからは、良い意味で、雑に接してみるよ」

「うん。それがいいと思う。でも、春奈のこと、泣かせたりしたら許さないからね」

「わかってる」

それからは、春奈との交際は順調にいっているようで、春奈の方も笑顔が増えた。数日も経つと、彼氏がとても素敵な人なのだと話してくれる。

このまま、忘恋病も治ってくれればいいのだけれど……。

「上手くいってるみたいだね」

偶然会った五十嵐と立ち話をする。

「遠野のおかげだよ」

決して五十嵐のためではないのだが……。

私にできることといえば、それくらいしかない。

「春奈のためだったら、いくらでも協力する」

「ああ。遠野には、また色々と頼むことになるかもしれないな」

その一年後、こんなことに協力することになるなんて、そのときの私は、思ってもいなかった。

8

九月の中旬。五十嵐が足を怪我してしまい、春奈はものすごく落ち込んでいた。

そんな中、五十嵐から、一ヶ月だけ春奈との恋人関係をやめたいという相談を受けた。

「何それ。どういうこと？」

最初は憤りそうになった。しかし、五十嵐から話を聞いて、私も少しずつ冷静になった。考えれば考えるほど、それは合理的だったし、彼も春奈のことを考えて言っているのだとわかった。

春奈のことをかばってくれたという感謝の気持ちもある。私は、その計画に協力することにした。

そして、最低なことを思いついた。

「それならさ、協力してくれそうな人がいるんだけど——」

三森要人を、春奈の彼氏ということにするのはどうかという提案をした。

「わざわざ代わりの恋人を用意する必要はないと思うけど」

五十嵐は顔をしかめる。

一ヶ月だけ恋人がいないということにすればいい。たしかに、単純に考えればその通りだ。それに対する反論は、驚くほど、すらすらと私の口から出てきた。

一ヶ月だけ恋人がいなかった期間を作ると、脳に負担がかかるかもしれない。忘恋病が悪化したらどうするの？

彼氏がいないって認識しちゃうと、春奈が別の男子のことを好きになるかもしれない。それなら、恋人がいた方が安心じゃない？

そういった、根拠もない後づけの理由を並べて、私は五十嵐を説得しようとした。

五十嵐は、最初はあまり気が進まない様子だったけれど、最終的には同意してくれた。「わかった」とうなずく彼は、何かを決断したような表情を浮かべていた。

計画の中で、最も不安だったのが、三森が春奈の偽物の恋人を引き受けてくれるのかということだった。

入学式の三森の態度は、春奈に一目ぼれをしたものだと思っていたし、すれ違うときも春奈のことを目で追っていたので、間違いないとは思っていた。

だけど、それまで彼の口から直接、春奈のことをどう思っているかを、私は聞いたことがなかった。

三森に対して、聞かれてもいない春奈のことを話したり、恋バナを切り出したりしていたけれど、春奈のことを好きかどうかという、核心を突くような質問はしてこなかった。

『彼女とか作らないの？』

『春奈とはもう話したの？』

私の質問は、いつも遠回りだ。

春奈のことが好きだと、三森の口から聞いてしまったら、私の恋が本当に終わってしまうような気がして。

春奈の恋人役を頼んだとき、私は初めて言ってしまった。

『だって三森、春奈のこと好きでしょ？』

三森は、肯定も否定もしなかった。

それが何よりの答えだった。

彼はたぶん、違うものは違うとはっきり言う。

私の恋は終わってしまったのだろうか……。

胸が潰《つぶ》れるような苦しみが押し寄せた。

だけどまだ、私の心の中には彼を想う気持ちが残っている。


水曜日の昼休み。私は人の少ない中庭に彼を呼び出した。三森と電話で気まずくなってしまってから、二日が経っている。

彼は二日前のことなんてなかったかのように普通の態度で現れて、コンビニで買ったメロンパンを食べ始めた。

春奈は定期健診なので、途中で早退した。一ヶ月に一回、春奈は濱口医師の元で定期健診を受けている。たびたび早退する春奈のことを、もしかするとクラスメイトの何人かは疑問に思っているかもしれないが、直接聞かれたりはしていないようなので大丈夫だろう。

三森を呼び出したのは、もう一度しっかりと話し合いたかったからだ。

しかし、どう切り出すかを考えていなかった私は、言葉に詰まってしまう。肝心なところで、私はどうしようもなく不器用だった。

先に口を開いたのは三森だった。

「この前は、ごめん」

謝られるなんて思ってなくて、私はとっさに言葉を返せなかった。

「ちょっと、色々と考えちゃって……きつい言い方しちゃった」

「あ……うん。大丈夫」

「でも、あと十日くらいだし。最後までしっかりやるよ」

どうしてそんなに、爽《さわ》やかに笑えるのだろう。わけがわからなかった。

「三森は、春奈と付き合ってみてどう思った?」

「どう……って?」

案の定、聞き返される。

私はどうして、好きな人を傷つけようとしているのだろう。

「だって、春奈の記憶から消えちゃうんだよ。恋人なのに。一ヶ月経ったら、また他人になるんだよ。それって、苦しくない? 好きでい続けるの、難しくない?」

今、自分は最低なことを言っている。せっかく、三森は私たちの間にあった気まずさをリセットしようとしてくれているのに。

だけど、止まらない。醜い自分を見せたくない気持ちと、醜い自分ごと受け入れてほしい気持ちが同居した心は、とても制御なんてできなくて。

それが恋というものだと、私は知ってしまった。

「苦しくなくはないけど、好きって気持ちは、簡単には消せないから」

三森は迷うことなく答える。それが彼の、ありのままの気持ちなのだろう。

「そっか」

それだけ言うのが精いっぱいだった。

春奈の恋人の役割を彼に与えたことを、私は後悔していた。自分で提案したにもかかわらず。

春奈への想いの強さを見せつけられて、それが、罰が当たったみたいに思えてきて、なんだかおかしくなってきた。

春奈じゃなくて私にしておきなよ、なんて強気なことを言えたら、どれだけいいか。

だけど、そんなふうにして、仮に三森の恋人になったとしても、意味があるとは思えない。それに、そんなことを言ったところで、三森は私になびかない。

どうすれば、三森は振り向いてくれるのだろう。

どうすれば、私は綺麗に恋を終わらせられるのだろう。

そもそも、三森のことを好きでいること自体が間違いなのだろうか。

わからないことだらけだ。

恋にはきっと、正解なんてない。

だけど、今私がしようとしていることは、たぶん不正解で——。

五十嵐も、三森も、どうしてそんなふうに受け入れられるのだろう。

ずっと好きでいたいとか、好きな気持ちは簡単に消えないとか、理屈ではわかるけれど……。

好きな人の記憶の中には、ずっといたいものじゃないの？

なんだか、私だけが愚かでひねくれた人間のように思えてくる。

私が春奈の偽物の彼氏に三森を推薦したのは、三森が春奈のことを好きじゃなくなればいいと思ったから。

春奈がもし、その全部を知ってしまったら、私のことを軽蔑《けいべつ》するだろうか。

私はずっと、春奈のことを裏切り続けている。

自分の恋が有利になるように、私は春奈のことを利用していた。

そして同時に、こうも思っている。

春奈が誰のことも気にせず、真っ直ぐな恋ができるようになってほしい。

矛盾しているような気がするけれど、どちらも本音なのだから仕方ない。

9

「一つ、聞きたいことがあるんだけど」

三森の声で、現実に引き戻される。

「うん。何?」

「春奈の中学時代のこととかって覚えてる?」

「……どうして?」

「実は僕、中学生のときに春奈に会ってると思うんだ」

「は?」

いったいどういうことなのだろう。

「会ってるってのは、いつ、どこで?」

「中一のときの夏休み。鷹羽自然公園で」

「すれ違ったってこと?　それとも、春奈に似た人を見かけたとか?」

三森が何を言いたいのか、いまいちわからない。

「ううん。ちゃんと会話もしたし、甲斐春奈って名前も聞いたから、間違いなく本人のはず。春奈と会ったのもその一日だけじゃないんだ。遠野は、春奈からそのときのこと、聞いたりとかしてない？」

中一の夏……。私はそのとき、すでに春奈と仲良くなっていたはずだ。春奈からそういった話を聞いた記憶はなかったし、聞いていたとしても、忘れてしまっているだろう。

「聞いてないと思う。というか、本人に聞けばいいんじゃない？」

「聞いたんだ。だけど、覚えてないって」

「それなら私が聞いてるわけ——」

途中まで言ってから気づいた。

覚えてない。

それって……。

顔面から血の気が引いていくのがわかった。

「もしかすると、そういうことかもしれないって思って……」

「もっと詳しく説明して。五時間目、さぼるよ」

どうしてもっと早く言わないんだ！　と怒鳴りたい気持ちを抑えて、私は立ち上がると、三森の手首をつかんで校門へ向かう。

私たちは場所を移動した。学校から歩いて五分のファストフード店。三森にサボらせてしまったことは申し訳なく思うが、春奈の忘恋病の原因につながるかもしれないのだ。一刻も早く情報をまとめたかった。お詫《わ》びに飲み物をおごることにした。

「で、春奈と会ったことがあるってどういうこと？」

「うん。中一のときの話なんだけど——」

三森から聞かされたのは、今から四年前、私たちが中学一年生のときの話だった。

夏休みの自由研究として鷹羽自然公園で鳥の観察をしていた三森と、隣人に頼まれて犬の散歩をしていた春奈。偶然出会った二人は、話をする仲になった。

五日間の交流だったけれど、お互いに惹《ひ》かれるところがあったのか、もっと距離を縮めたいと思うようになった。しかし、春奈とは音信不通になってしまった。

三森の話は、私が想像していたよりも衝撃的だった。

三森が家族について相談した内容と、春奈の答え。それは、良く言えば純粋で、悪く言えば身勝手な、中学生らしいもので。

実際に、三森は行動を変えた。その結果、彼の家族の形に少し変化があった。

「僕はただ、春奈のおかげで、自分の意見を言えて、希望どおりにこっちに住み続けられるようになったって話をしたかっただけなんだ。家族も別に、仲が悪くなったとかではなくて、ただそれぞれの希望に合わせて、少しの間だけ、住む場所が変わったっていう、それだけのことで……。だけど、もしかすると春奈は、別の意味に受け取ってしまったかもしれない」

春奈は三森のメッセージを見て、何を感じたのだろう。

もし、それがきっかけなのだとしたら——。

「それって、正確な日付とかわかったりする？」

「うん。昨日、当時のノートをやっと見つけたんだ。四年前の、八月十一日」

「その日の月の状態って、調べた?」

声が震えてしまう。

「もちろん、すぐに調べたよ」

三森は一拍置いてから、口を開いた。

「その次の日が、満月だった」

どれだけ叩《たた》いてもびくともしなかった硬い壁に、ヒビが入った音がした。

濱口医師が言っていたことを思い出す。

『甲斐春奈さんは過去に、恋によって、何かつらいことがあったものと考えられます』

もしも中学一年生の春奈が、三森に惹かれる気持ちから、彼に鷹羽市に残ってほしいと思っていて。三森のメッセージの意味を取り違えて、余計なことを言ってしまったと思っていたとしたら——。

自分の恋心が原因で、三森の家族をバラバラにしてしまったと、春奈は自分を責めていたのではないか。

10

私が春奈に救われたのは、中学一年生の四月だった。

私は昔から、あまり喋らない子どもだった。不愛想でもあったので、実際の年齢より上に見られることが多かった。

どうやら、そういった私の雰囲気は、年上の男子には魅力的に見えるらしい。入学二日目でいきなり、中学三年生の男子に呼び出され、付き合ってほしいと言われた。もちろん断ったけれど、呼び出されて告白された事実は消えず、すぐに噂になった。

二週間もすると、噂に尾ひれがつきまくって、私は大学生と付き合ってたり、二股《ふたまた》をしていたりと、なかなかヤバい女ということになっていた。

もしかすると、私が告白を断った中三の男が腹いせに言いふらしたのかもしれないとも思ったが、証拠もないし、そうだったとしても、どうすることもできないので考えるのはやめた。

同じ小学校から進学した人も少なく、知り合いがほとんどいなかったということもあり、周囲は好き勝手に、私にレッテルを貼りつけた。人間は、事実かどうかよりも、面白いかどうかを優先してしまう生き物なのだと、私は思い知った。

入学から二週間が経つと、私はクラスで浮いた存在になってしまっていた。

見た目を変えれば、少しはマシになるだろうか。それだけで印象が変わるのなら、苦労しないのでは……という気もする。だとしたら、無表情なのがいけないのだろうか。だけど、上手く笑顔を作ることもできなくて。

だから、そんな中で話しかけてくる女の子がいるとは思わなかった。

「ねえ、何読んでるの?」

友人と呼べるような人がいないので、半ば仕方なく本を読んでいたところ、頭上から明るめの声が降ってきた。視線を上げると、興味深そうに私の持っている文庫本を見る女子が立っていた。たしか……同じクラスの甲斐さんだ。

「この前、適当に買った本。……あんまり私に話しかけない方がいいんじゃない？」

質問に最低限の答えを返しつつ、嬉しかった気持ちをいったん横にどけて、私は平静を装って答える。

「どうして？」

「私の噂、聞いてないの？」

今だって、クラスメイトの何人かがこちらに注目しているのがわかる。

「あー、なんか、妻子持ちの若手実業家に手を出したってやつ？」

悪化している。きっと、噂をしている本人たちも、真実かどうかなんてどうでもよくて、ただ楽しみたいだけなのだろう。

「……そんなことになってるんだ」

私はため息をつき、頭を押さえた。もうどうにでもなればいいと思った。

「本当なの？」

「本当だと思う？」

「わかんない」

「…………」

その答えに、拍子抜けしてしまう。思わない、と言ってくれることを期待していたのだろうか。彼女も、私が物珍しくて近づいてきただけなのかもしれない。

「どっちだっていいよ、そんなの。別に、悪いことしてるわけじゃないでしょ」

春奈は私の不安を吹き飛ばすように笑う。

「いや、妻子持ちに手を出すのはヤバいんじゃない？」

「あ、そっか。じゃあ、それは嘘だと思う。遠野さんがそういうことする人には見えないし」

「つふふ」

「私、何かおかしいこと言った？」

つい笑みがこぼれてしまって、春奈に怪訝《けげん》そうな顔をされる。

心の底に霧のように立ち込めていた黒い何かが、スッと晴れていったような気がした。

それから、私と春奈はよく話すようになった。趣味が似通っているとか、家が近いとか、そういった理由はなかったけれど、人とのかかわり方の根本的な部分が共通していた。

私も春奈も、他人とどこか一線を引いているけれど、話すのは好きだし、友達もほしいと思っている。心の奥まで踏み込んだり、踏み込まれたりするのはちょっと面倒だ。

そういう考えを持っていて、気づいたら、お互いが唯一無二の親友になっていた。

春奈のおかげで、私は学校で息がしやすくなった。

そんな、恩人でもある春奈に、私は嘘をついている。それどころか、裏切りとも言えるようなことをしている。いくら春奈のためだと弁解してみても、自分のために彼女の病気を利用したことは変わらない。

そしてついこの前、私はその、春奈の忘恋病のきっかけになったかもしれない過去の出来事を知った。

それを、どのような形で春奈に伝えればいいのかは、まだわからなかった。伝えるべきなのかどうかもわからず、七海さんや濱口医師にも相談が必要だ。

だけど、もしかすると、春奈の病気は治るかもしれない。

それが、せめてもの償いになればいい。


私がどうすべきか迷っている間、表面上は何事もなく、春奈と三森の交際は続いていた。

しかし、計画の崩壊は、私の知らないところで始まっていた。

三森に衝撃的な事実を告げられてから、五日後。

さらに予想外の出来事が起こる。

「花蓮、ちょっといいかな。聞きたいことがあるんだけど」

放課後、春奈に話しかけられた。

「ん。どうしたの？」

振り向いて——真剣な表情にドキッとする。忘恋病関連のことだと、直感が告げていた。

「航哉の連絡先を教えてほしい」

頭が真っ白になった。

どうして知ってしまったのだろう。

しかし、春奈が真実を知るルートなんていくらでもある。自分でどこかにメモをしていたのかもしれないし、三森や七海さんから話を聞いたのかもしれない。

今思えば、無謀な計画だと思う。自分の愚かさに嫌気がさした。

きっと、私と三森が嘘をついていたこともわかってしまったのだろう。春奈の表情には、私に対する軽蔑が浮かんでいるような気がして、真っ直ぐに彼女の方を見ることができなかった。

それに気づいたらしい彼女は言う。

「怒ってるわけじゃない。本当のことを言ってもらえなかったのは悲しいけど、何か事情があるんだってわかってるから」

違うの。春奈のためを思って嘘をついてたわけじゃないの。全部、自分のためなの。春奈の忘恋病を利用したの。本当のことを言おうとしても、全部、喉につかえてしまう。ここまできて私は、春奈に嫌われたくないという気持ちがあった。こんなときですら自分の心配をしていることが情けなくて、罪悪感で押しつぶされそうだった。

「話せるようになったら、話してほしい」

「……ごめん。いつか絶対、話すから」

「わかった。信じてる」

春奈の表情は真剣で、そこには、迷いも怒りも、躊躇《ため》いも悲しみもなかった。そのことに、少しだけ救われる。

そして——何かを決意したような、力強い輝きを、彼女の瞳は発していた。

「それとは別に、航哉とちゃんと話したい」

春奈が知ってしまったのなら、もうどうしようもない。私は五十嵐の連絡先を教えた。

「何か、力になれることがあったら言って」

この期に及んで、私は何を言っているのだろう。自分のために嘘をついていた人間が、今さらどんな顔をして『力になれることがあったら』なんて……。

それなのに春奈は、

「うん。ありがとう」

と、微笑んだ。

春奈が私に優しくすればするほど、胸は苦しくなる。身勝手だとわかっていても、心までは制御できない。

「あ、じゃあ、ひとつだけ教えて。航哉が距離を置いてるのは、私のため？」

私がうなずくことを、ほとんど確信しているような聞き方だと思った。

春奈は、どこまで知っているのだろう。


春奈と別れてすぐに、三森に電話をかける。

「ねえ、春奈に教えた？」

彼はすぐになんのことかを理解したらしい。

〈いや……教えてないし、気づかれるような発言もしてないはず〉

じゃあ、どうして――？

次に、五十嵐に連絡した。彼が接触したのかもしれないと思ったが、先月の彼の態度を思い出すと、それは考えづらかったし、春奈が連絡先を聞いてきたこととも矛盾する。

〈そっか……〉

春奈が知ってしまったことを話すと、まるで、すべてをわかっていたかのような言葉が返ってきた。私は混乱した。

「こうなるって、予想してたの？」

〈ちょっとだけ〉

「どうして――」

思わず大きな声が出てしまい、慌てて言葉を止める。

どうしてそれを教えてくれなかったんだ。

〈落ち着いたら、ちゃんと話す。連絡してくれてありがとう〉

私が質問をする前に、五十嵐はそれだけ言って、電話を終わらせた。

見えていた世界が、全部ひっくり返ってしまったみたいな気がした。

第四章　五十嵐航哉の失恋

覚えていてくれたことが嬉《うれ》しくて。

それ以上に、たまらなく悲しかった。

1

ついに、このときがきてしまった。

数時間前の遠野花蓮からの連絡を思い出し、ため息をつく。

やっぱり春奈は、俺のことを覚えているみたいだ。

恐れていたことが起きてしまった。恐れていたということは、ある程度、予想もできていたわけで。

だけど実際に起きてみると、それは想像よりもはるかにダメージが大きかった。

「五十嵐、大丈夫なのか？」

部活からの帰り道。

俺の隣に座る町野玄《げん》が、心配そうな声で尋ねた。

玄は俺と同じバドミントン部の部員だ。唯一、俺と春奈との関係を知っている友人でもあった。春奈の病気のことも、定期的に記憶が消えるという、ざっくりしたことだけ知っている。もちろん、春奈本人からの許可も得て話した。

口が堅いやつなので、他に漏れることもない。相談できる相手が一人いるだけで全然違う。

正直、春奈との交際はかなりしんどかった。初めて聞いたときは驚いたし、そのときは甘く見ていた。どうにかなるだろう、と楽観していた。

今では、想像力が足りなかったと思う。

春奈と何を話しても、何を経験しても、俺の記憶にしか残らない。思い出を共有できない。

そのことが、思っていた何倍も苦しかった。

だからといって、別れようとは思わなかった。いくら記憶が消えようと、俺は春奈のことが好きだった。その気持ちだけは、変わらなかった。

だけどどうしても、満月が近づくと不安になる。

好きになってくれなかったらどうしよう……と、弱気になってしまう。

初めて記憶が消えたときの、春奈の怯《おび》えた目。

写真やメッセージなどの履歴をすべて残して、満月を迎えたときの、無理をして作られた春奈の笑顔。

そういった光景が脳裏を横切って、弱気になってしまうことがある。

だけどせめて、春奈の――好きな人の前でだけは、強い自分でいたかった。

「大丈夫って、何が？」

大丈夫なのか、と尋ねてきた玄は、俺の何が大丈夫かを聞いているのだろうか。先ほどのことは、まだ玄には言っていない。

足の怪我のこと。春奈の恋人を一ヶ月だけやめたこと。先日、代わりの彼氏である三森要人と、楽しそうに話す春奈とすれ違ったこと。

そこまで考えて、俺には大丈夫じゃないことがこんなにたくさんあったのだと気づく。

「色々とだよ」

その全部、もしくは俺ですら気づいていない俺の大丈夫ではないところを、彼は心配してくれているらしい。

「例えばさ、甲斐をかばったんじゃなくて、ただの事故ってことにすればよかったんじゃないか？　だって甲斐は、お前が自分のせいで怪我したことに落ち込んでたんだろ」

「それもあるけど、そうじゃなかったとしても、春奈は彼氏である俺のために色々することになる。そういう人なんだよ」

だから、この一ヶ月は、無関係な他人でいるのが最適解なのだ。

「じゃあわざわざ、別の男子が彼氏のふりをすることないんじゃないのか？　別に、無理やり恋人を作る理由もないし」

「春奈の記憶が消える次の日の朝、自分に恋人がいるってメッセージがスマホに表示されるように設定されてるんだ」

「その機能を止めることはできなかったのか？」

苦しい言い訳だということは自分でもわかっていた。玄からの追及は止まらない。

「それも考えたけど……まぁ、色々あんだよ」

これ以上は聞かれたくなかった。

言葉通り、理由は色々あった。

玄は、学校の成績こそ悪いが、頭の回転は速い。細かいところまで話せば、そのうち、俺が春奈と距離を取った本当の理由にたどり着いてしまう。

「……そうか。首突っ込んで悪かったな」

拒絶の意思を見せると、人の感情の機微を読むのに長《た》けている玄は、あっさりと引き下がった。


帰宅した俺は、ベッドの上で足を入念にマッサージする。

春奈が三森と付き合い始めてから、もうすぐ一ヶ月が経つ。

足の怪我はほぼ治っていて、練習の強度こそ落としているものの、違和感なく動けるようになっていた。

もうすぐ大会だってある。どれだけ元の調子を取り戻せるかわからないが、勝ち進めるところまでは勝ちたい。あくまで、無理はしない範囲でだが。

俺は、バドミントンをただの部活で終わらせようとは思っていなかった。大学でも続ける予定だ。将来的にはバドミントンで食べていけるようになりたいと考えている。

実業団やコーチなど、バドミントンに関わる仕事に就きたいと思っているし、プロになるという道も視野に入れている。もちろん、それがどれだけ難しいことかは理解しているつもりだけれど。

『わざわざ、別の男子が彼氏のふりをすることないんじゃないのか？』

玄の言ったことは、まったくの正論だった。

俺が怪我をしたことに関して、春奈に気を遣わせないためにはどうすればいいか。

そんな問題があったとして、その最適解は、この一ヶ月間だけ、春奈には恋人がいない状態で過ごしてもらうことだ。

春奈の病気の性質上、恋の記憶が全部消えるのだから、次に記憶がリセットされるタイミングで、また恋人がいることになっていても問題はないはずだ。

だけど、そんなに綺麗《きれい》に物事は進展しない。

代わりに恋人を用意するという遠野の提案にうなずいたのには理由がある。

それは、春奈に対する、俺なりのメッセージだった。

そしてそのメッセージは、おそらく春奈に伝わっている。

遠野が、春奈から俺の連絡先を聞かれたと言っていたのが、何よりの証拠だ。

その日の夜。近所を散歩していた俺は、ふと夜空を見上げる。

この辺りは建物が低く、視界を遮るようなものは何もない。吸い込まれそうな黒の中に、白く淡い月が光っていた。

今の月は半分近くが欠けている状態だけど、それでも神秘的に輝いている。

ほとんどの人にとって、月というものは見ていて感動するものだと思う。綺麗だし、ロマンチックだし、人間には想像も及ばないような、大きなパワーが月にはあるような気がする。

しかし、俺にとっては、大切な恋人の記憶が奪われるまでのカウントダウンでしかなかった。月が真円に近づくにつれ、春奈の中にいる俺は、消滅へと向かっていく。

俺の好きな人は、満月の夜に、俺の顔も名前も、交わした言葉も、共に過ごした時間も、恋をしていたことも忘れてしまう。

そうやって、俺は何度も彼女の記憶から消えてきた。


恋の記憶が消えてしまうという話を初めて玄にしたときは、信じられないと言われた。よく続いてるな、とも。玄は言いたいことをスパッと言うタイプなのでわかりやすいが、他の人に打ち明けたとしても、同じようなことを感じるのだろう。

だけど、好きになった人が春奈だったのだから仕方ない。

例えば、好きになった相手が歩けなかったとしたら、俺は車いすを押すし、耳が聞こえなかったとしたら手話を覚える。それと同じだ。

好きになった相手は、定期的に記憶が消えてしまうので、また恋人として一からやり直す。大変ではないと言えば嘘になるけれど、春奈を好きな気持ちが圧倒的に上回っていたから、俺はそれを続けられた。

記憶から消えるたびに、俺は春奈の恋人になった。

途切れ途切れの恋を繰り返す日々に、心が悲鳴を上げることもあったけれど。

いつか、春奈の忘恋病が治って、二人の恋が永遠になることを願っていた。

恋で嫌な経験をしたことで、忘恋病を患ってしまったのであれば。

恋で楽しい経験をすれば、忘恋病も治るのではないかと考えていた。

だから俺は、春奈と一緒に楽しいことや嬉しいことを続けていれば、恋の記憶を忘れずにいられるようになって、二人で幸せな未来を思い描けるものだと考えていた。

——少し前までは。

2

春奈の記憶が消えていないことに気づいてしまったのは、今から約一ヶ月前のことだった。

春奈の恋に関する記憶が消えたはずの日から、約一週間が経った日に、俺は彼女と、デートに出かけることになっていた。すでに何往復か、春奈とメッセージのやり取りをしていて、昼休みに誰もいない空き教室で、何度か一緒に昼食も食べた。

春奈も彼氏である俺の存在を受け入れてくれていた。

春奈にとっては、これが初めてのデートになるはずだった。俺にとっては付き合って半年以上が経った恋人だけど、彼女にとっては初めて会う相手だ。

馴《な》れ馴《な》れしく手をつなごうとしたり、いきなり距離を詰めたりしてはならない。

ゆっくり、俺たちは恋人になっていく。今までだって、ずっとそうしてきた。

満月のたびに、最初から恋人をやり直さなくてはならないというのは、とてもつらいことだけど、春奈を失うことに比べたら、なんてことはない。

「お待たせ」

春奈が待ち合わせ場所にやって来た。

涼しげな半袖《はんそで》の白ブラウスに、薄手のオレンジのカーディガンを羽織っている。ロングスカートはブラウンのチェック柄で、とても上品な装いだった。

「ごめんね。待った？」

「ううん。俺もさっき来たとこ」

二十分前をさっきというのであれば。

「そっか。よかった」

そんな普通のカップルみたいなやり取りをして、俺たちは歩き出した。

「なんか、不思議な感じがする」

唐突に、春奈が言った。

「不思議な感じ？」

「うん。だって、航哉は何回も私とこうして一緒に出かけたりしてるんでしょ？」

「そうだね」

「なのに、私にとっては初めてだから、なんか不思議だなぁって思って」

「先月も同じこと言ってた」

記憶は失われていても、春奈自身が変わったわけではない。俺は安心感を抱いた。

「あはは。じゃあ、来月も言うね」

「楽しみにしてる」

「航哉のことを知って、もう一週間以上経つけど、なんかすごいね」

不思議の次はすごい、か。

「だって、航哉みたいな素敵な人が、私のことを好きになってくれるなんて、奇跡じゃない？」

真っ直ぐに目を見て、春奈は笑いかける。好きな女子からそんな台詞《せりふ》を言われて、喜ばない男子なんていない。俺も例外ではなく、舞い上がっていた。

「ありがと。嬉しいよ」

なんでもないふうを装って、短めに返す。

たしかに俺は、容姿がそこそこ整っていて、運動神経も良い。集団の中でも上手《うま》く立ち回ることができる。勉強はちょっと苦手だけど、赤点を取るほどではない。

平均よりも優れた人間だという自覚はあるので、そういうことを言われたときは、否定せずに受け取るようにしている。過度な謙遜《けんそん》はある意味、失礼だと思っているから。

とはいえ俺の場合は、運に恵まれているだけだ。平均より少しだけ裕福な家庭だったり、努力できる環境だったり、性格だったり。そういったものが、運良く揃っていただけで、そこまで才能がある人間ではないという自覚があった。だからこそ、努力を続けられたのかもしれない。

「しかも、こうして毎回、記憶が消えた私に丁寧に接してくれてるんでしょ？　普通なら嫌になってもおかしくないのにね」

「嫌になんてなるわけないよ。春奈と一緒にいられるなら、記憶が消えるくらい、なんてことない」

「うん……。いつも、本当にありがとう」

照れながらストレートな言葉をぶつけてくる春奈に、俺の方も恥ずかしくなってしまう。

「あと、迷惑かけちゃってると思うけど、ごめんね」

「別に、春奈のためなら迷惑なんかじゃない……。この前も、夏祭りとか楽しかったし」

「夏祭りか。いいなぁ……。あ、写真とかある？」

「あるけど、大丈夫なの？」

春奈は一度、記憶が消えてからすぐの朝に、俺と並んで写っている写真や、俺とのメッセージを見たことがあった。他の人に頼らず、かつ速やかに、恋人がいることを理解するという狙いだったのだが、そのときの彼女は気分が悪くなってしまったそうだ。

それを聞いてショックを受けたが、よく考えてみれば当たり前のことだった。朝起きたら突然、知らない男と恋人同士になっていたなんて、すぐに受け入れられるわけがないのだ。恐怖と不安でいっぱいになるに決まっている。

今日だって、春奈が恋の記憶を失ってから、ちゃんと会うのはまだ数回目だ。記憶にない自分の写真を見るというのは、やっぱり負担がかかりそうで心配だった。そういう意味で、大丈夫かと聞いたのだが……。

「もう、航哉のこと、ちゃんと彼氏だと思ってるから大丈夫だよ。ほら、早く見せて」

春奈は俺の方に体を寄せてくる。なんだか、いつもよりも積極的でドキドキしてしまう。

「わかったから。ちょっと待って」

俺はスマホに春奈とのツーショットを表示させ、それを見せる。

「わー、私、浴衣着てるじゃん！」

「似合ってたよ」

「ねえ、他には？」

画面をスワイプして、別の写真を表示する。次々にスマホの画面に表示される、デートのときの写真。

「……いっぱい、撮ったんだね」

彼女を見ると、さっきまでの嬉しそうな表情は影をひそめていた。当時は、記憶が消えてしまっていることを残念がっているのかと思っていたが、今思えば違う解釈ができる。

このときの春奈は、自分に記憶が残っていることを確かめていたのだと。

3

春奈はしばらく、俺のスマホで先月撮った写真を眺めていた。

「春奈？」

無言が心配になってきたところで、俺は呼びかける。

「ねえ。私、航哉の部活の邪魔になってなかった？」

少し寂しそうな顔をして、春奈は尋ねる。

一ヶ月に一回は必ず、春奈はそういうふうに、俺のことを心配する。最初に好きになったのも、告白をしたのも俺なのに。

春奈はとても優しい。優しすぎて、こっちが不安になってしまうくらいに。

「全然そんなことないし、春奈は気にしなくて大丈夫。ほら、だって結局、記憶は消えるんだし。罪悪感も残らないでしょ」

その言葉に、春奈は目を瞬かせる。

「やっぱり航哉って、私の彼氏なんだね」

「どうして？」

「記憶が消えるんだし、って言ったから。普通の人は、そういう私が傷つくかもしれない発言はしない」

「傷ついた？」

「ううん。むしろ、気持ちが楽になった」

「ならよかった」

春奈は、気を遣われるのが苦手だ。春奈の記憶が初めて消えてから一ヶ月で、俺はそれを理解した。なるべく慎重に、気を遣って春奈に接した結果、彼女に苦しい思いをさせてしまったのだ。

春奈は、忘恋病であるということをあまり特別視されたくないみたいだった。簡単な常識クイズがわからなくて、友人に茶化される感覚、くらいに考えてほしいのだろう。

少し考えれば理解できたかもしれないけれど、俺は自分本位な考え方にとらわれていた。焦っていたのかもしれない。

春奈はハンデを背負っているのだから、俺が気にかけるのは当たり前だ、くらいの考えでいた。自分がいかに傲慢《ごうまん》だったかに気づけたのは、春奈の親友である遠野花蓮のサポートのおかげだった。

彼女には他にも色々なところで協力してもらっていた。

「でもさ、俺が最低最悪な彼氏だったとしても、春奈は気づかないわけでしょ？　来月返すからとか言って、お金借りてても気づかないよね」

「借りてるの？」

「借りてないよ。借りてても借りてないって言うけど」

「あはは。じゃあだめじゃん。……あれ、そういえば私、航哉にお金貸してる気がしてきた。五百万くらい」

「ずいぶん都合のいい病気だね」

「ふふ。そうだね」

時おりこうして、春奈の病気のことを軽めに扱ったような発言をするけれど。

冗談だとしても、俺はそういうことを言うたびに、体ではない心のどこかが、チクリと痛む。

だけどそれで、春奈の気持ちが楽になるのであれば、いくらだって言葉にする。

そういう危ういバランスの上で、俺たちの関係は成り立っていた。

「それじゃあ、神社に行こうか」

「神社？」

春奈は首をかしげる。

「春奈と初めて出かけるときは、毎回行ってるんだ。春奈の病気が治るように、神様にお願いするために」

『初めて』と『毎回』が混在する台詞は、何度口にしても違和感が拭《ぬぐ》えないけれど、そうとしか表現できないのだから仕方がない。

「へぇ、そうなんだ。いいね、行こう」

春奈の方も、毎回同じような反応だ。

彼女は神社の方に向かって歩き出した。

俺は春奈の隣に並ぶ。

「今日、いい天気でよかったね」

「そうだね。前回は曇ってたからね」

「あれ、そうだったっけ？」

「先月のことなんだから、春奈は覚えてないでしょ」

「あっ、そっか。バカだね、私」

「それより、あの新曲聴いた？」

「あ、昨日メッセージくれてたやつだよね。聴いた聴いた！」

神社までの道で、どうでもいい話をするのも、お決まりのことだった。

だけど何かが、いつもと違うような気がする。そんな小さな、だけど確かな違和感を胸に抱きながら、俺は大切な恋人の隣を歩いていた。

歩いて十分。地元の小さな神社に到着した。石で造られた灰色の鳥居をくぐって、境内へと足を踏み入れる。並んだ木々の葉は、まだ瑞々《みずみず》しい緑色だ。二ヶ月後には、落ち葉でいっぱいになるのだろう。時期的にもイベントごとがないので、お参りをしている人は他に見当たらない。

「ねえ、航哉。鳥居は端をくぐらなきゃいけないって知ってた?」

「真ん中は神様が通るからでしょ」

「え、どうして知ってるの? どや顔しようと思ってたのに」

「一ヶ月前、春奈から聞いたからね」

「ずるいよ、そんなの」

春奈はわざとらしく頬を膨らませる。

「また来月、教えてよ」

「あー、来月の自分も言いそう……」

「楽しみにしてる」

その来月が訪れないことを、このときの俺はまだ、知らなかった。

お賽銭《さいせん》を投げて、鈴を鳴らし、両手を合わせる。

どうか、春奈の病気が治って、色々な思い出を共有できますように。

今のところ、その願いは叶《かな》っていないのだけれど。

願い続けていれば、いつかは叶うと信じていた。

このときの自分は、あまりにも楽観的だったと、近いうちに思い知ることになる。

4

「春奈？」

　俺が参拝を終えても、春奈はまだ、目をつむって手を合わせていた。

「あ、ごめんごめん」

　ずいぶん長く祈っていたみたいだったが、何を願っていたのか、今なら少しわかる気がする。きっと春奈は、俺との記憶が消えますように……と、そう願っていたのだ。

「お守り、買いに行こうか」

「お守りって、あの可愛いやつ？」

「そう。春奈が、二回目の初デートのときに提案したんだ。集めてみようって」

「へぇ。私、そんなこと言ってたんだ」

　お守りはポップなオリジナルのゆるキャラの柄で、いくつか種類があり、とてもカラフルだ。銀色のパッケージに、ランダムに封入されている。この神社を管理しているのが、若い宮司さんらしく、若者向けにということで発案されたものらしい。

「十二種類集めれば、なんでも願いが叶うって噂があるらしいね」

　お守りは十二種類あり、それぞれ、描かれているゆるキャラと色が異なる。全種類集めれば願いが叶うという噂が、中高生を中心に出回っていた。おそらく神社側の策略ではあるのだろうけれど、普通にデザインが可愛いと評判で、まあまあ売れているようだった。ネットのニュースでも取り上げられていて、最近では通販もやっているらしい。

俺たちは、それを二人で集めることに挑戦している。二人で合計二十個以上購入していて、九種類はすでに手に入れていた。

「みたいだね。でも、二種類がシークレットレアなんでしょ」

「うん。色は金と銀らしいんだけど、実際に見たって人がなかなかいないんだよね。ゆるキャラの方も、龍だとか一角獣だとかツチノコだとか、色々な説があるし」

本当に存在するのかさえ疑わしい。本当はシークレットレアなんてなくて、これも神社の戦略という可能性も考えられなくはないけれど、それも含めて願掛けという感じはする。

「ツチノコは初めて聞いたな」

「私も、ちょっと前に友達から聞いたんだ」

「へぇ」

ちょっと前か……。

それはきっと、満月よりも前の話で。

友達との記憶が消えていないことを目の当たりにした俺は、嫉妬《しっと》に近いような感情を抱いた。俺のことは覚えてないのに、どうして他の人のことは……。もちろん、そんなことを言えるはずもなく、必死で飲み込む。今までだってそうしてきた。今さら、それができないはずがない。

二人でお守りを購入し、開封する。

「あ、黄色のすずめだ」

「俺は紫の蛇。これで三つ目か……」

「黄色は被《かぶ》った？」

「それも二つ目」

どちらもすでに持っているものだった。

「そっか〜。残念」

「なかなか揃わないな」

「そうだね。はい、これ」

春奈は、すずめのゆるキャラが描かれた黄色いお守りを俺に差し出す。

その瞬間――雷に打たれたような衝撃を受けた。

「春奈、どうして……」

「え？」

春奈は、自分がしたことに気づいていないようだった。

俺たちは毎回お守りを購入しているが、春奈はこのお守りを購入したことを忘れてしまう。だから、このお守りは毎回、俺が預かっている。

しかし今、春奈がお守りを渡してきたということは、俺にお守りを預けるという取り決めを知っていたということになる。

だけど、恋を忘れてしまう春奈は、本来なら、そのことも忘れているはずだ。

俺との思い出が春奈の記憶に残っていたことが、とても嬉しくて――同時に、俺は理解してしまう。

春奈は先月、俺に恋をしていなかったのだと。

そして、怪訝《けげん》そうな顔をする俺を見て、春奈も自分のしたことに気づいたのだろう。すぐに、取り繕うように言った。

「……あ、このお守りは、いつも航哉が預かってくれてるって、花蓮が教えてくれたんだ。たぶん私、花蓮に先月そのことを言ってたんだろうね。あはは」

もちろん、その可能性はゼロではない。だけど春奈の焦る顔を見れば、とっさに出てきた言い訳であることはすぐにわかった。

「ああ、そうなんだ。びっくりした」

記憶が戻ったのかと思った。と、素直に納得したふりをした。

春奈はとっさに嘘をつくことが上手ではなかった。普段はあまり、人の嘘に気づかない俺でもわかってしまうくらいには。

「そういうわけで、この子もよろしくね」

安心したような笑顔で、春奈はお守りを差し出す。

「ん。たしかに預かりました」

春奈からお守りを受け取って、何食わぬ顔でポケットにしまった。

考えてみれば、他にもおかしいところはあった。

待ち合わせた駅からは、同じくらいの距離にもう一つ神社があるが、春奈は迷うことなく、今いる神社に向かって歩き出した。

鳥居の豆知識にしても、わざとらしかった。まるで、先月も話したことを覚えていないとアピールするみたいに思えた。

一つひとつは偶然で片付けられるようなことだったけれど、いくつも重なると、嫌でも理解してしまう。

春奈は、先月のことを覚えている。

そして——覚えていることを、隠そうとしている。

「航哉、どうかした？」

「あ、いや。なかなか揃わないなぁって思って」

「そうだね。また来月、チャレンジしよ」

疑いを抱いてしまった今では、明るく笑う春奈の表情に、微《かす》かな影を見出《みいだ》してしまう。

一度だけ、春奈の定期健診に付き添ったことがあった。そのときに、濱口医師が言っていたことを思い出す。

『恋の記憶が消えるだけで、積み重ねてきた恋そのものが消えるわけじゃない』

当時はよく意味がわからなかったけれど、今はその言葉の意味を十分に思い知った。

春奈は俺と過ごしてきた日々を、頭では覚えていなくても、心は覚えていて。

どれだけ新鮮だと頭では思っていても、繰り返されれば、心は慣れてしまうし、飽きてしまう。

来月もまた、春奈は俺のことを覚えているのだろうか……。

5

それからも、春奈が先月のことを覚えているのではないかと感じることは何度かあった。

春奈は徐々に、口数が少なくなっていった。悩んでいるような様子も見受けられた。

予想が正しければ、彼女は俺との記憶が消えていないことに関して悩んでいたのだと思う。

彼女の方でも、俺に対する気持ちが恋ではなくなっているという結論にたどり着いたのだろう。


そして、悲劇は容赦なく襲いくる。

満月の一週間前、彼女を夕食に誘った。どうにかして、春奈にまた好きになってほしいと思っていた。

その日、春奈はいつも以上にボーっとしていた。たまに思い出したように、無理をして笑う彼女の表情を見て、胸がえぐられる。

帰り道。歩道橋の階段で、春奈は足を滑らせた。

「春奈っ！」

手を伸ばしたが、届かなかった。このままだと、彼女が怪我をしてしまう。それどころか……。

最悪の事態を想像して——勝手に足が動いていた。スローモーションになったように、景色が遅くなる。

必死で、春奈を守るように抱きしめ、俺はそのまま階段を転げ落ちた。

「……ってぇ」

「航哉⁉　大丈夫？」

腕の中で、春奈が顔を歪《ゆが》めていた。

「うん。春奈は怪我ない？」

「ない」

「よかった」

こんなときでさえ、これでまた好きになってくれはしないだろうか……などと考えている自分の情けなさに、とても腹が立った。

春奈は、恋というものに対して、神経質で潔癖なところがあった。一度好きになったら、ずっと好きでい続けなくてはならないと、そう思い込んでいる節がある。

彼女は、俺に対する恋愛感情が薄れていっているにもかかわらず、俺と恋人であり続けようとしている。

恋をしているかどうか。

普通の人なら感覚的にしかわからないことが、春奈は記憶の有無でわかってしまう。

覚えていないことが、恋をしていたという証明になり、記憶に残っていることが、恋ではなかったことの証明になる。

彼女は自分の気持ちをごまかすことすらできない。忘恋病によって、恋愛感情かどうかが、浮き彫りにされてしまう。

恋だと思い込もうとしても、自分自身が、それを許してくれない。

それはいったい、どれほどの苦しみを伴うのだろうか。

できればその苦しみから、春奈を解放してあげたい。

春奈にはもっと、自由でいてほしかった。


結局、最後まで春奈はひと月前の記憶があることを言い出さなかった。忘恋病による負い目もあるのだろう。

裏切られたような気持ちもあるが、彼女なりに苦しんだ結果でもあるのだと思う。責める気にはなれない。

それどころか、責められるのは俺の方なのかもしれない。

だって——あのとき俺は誓ったのだから。

春奈が記憶を失うたびに、何度でも恋をさせると。

恋愛感情は三ヶ月しか保たない。そんな話を聞いたことがある。だから、多少気持ちが薄れてしまうのは仕方のないことだと言われれば、それはその通りなのかもしれないけれど、今の俺には慰めにすらならない。

春奈との恋が、終わりつつあることを、俺はもう察していた。

恋が終わってしまうことは悲しいけれど、それはとても自然なことで。

もちろん、俺はまだ春奈のことが好きだ。彼女が俺をどう思っていようと、それは変わらない。春奈のことが好きだし、恋人という関係であり続けたいと思っている。

でも、春奈は違う。

恋人という関係ではあり続けたいのだろう。だけど彼女は、俺のことを恋人として見ることができなくなりつつあるのだ。

無理をしている彼女の姿を見るのは、とても心苦しかった。

だから俺は、足の怪我を理由に、春奈との交際を一度終えることにした。


「何それ。どういうこと?」

春奈といったん距離を置きたい。そう告げた俺に対する遠野花蓮の声は、氷みたいに冷たかった。

俺が足を怪我したことに対して、春奈は必要以上に傷ついてしまった。

自分のせいで誰かが苦しむことが、彼女は耐えられない。そういう、優しい性格の女の子だということを、俺は十分すぎるほどに知っている。

「……なるほどね」

遠野に説明すると、ひとまず理解はしてくれたようだが、納得はしていないようだった。

春奈の記憶が消えていないことも打ち明けるべきか迷ったけれど、俺が切り出す前に、彼女の方が口を開いた。

「それならさ――」

遠野の提案に、俺は驚いたし、混乱もした。すぐに答えることなどできなかった。

遠野の友人である男子に、一ヶ月間だけ、春奈の偽物の恋人になってもらう。

しかもその男子——三森要人は、春奈に好意を抱いているらしい。

遠野は、いったい何を考えているのだろう。

そっちの方が、春奈が全てを察したときのリスクは高いのではないか。それに、三森という男子が、その役割を引き受けてくれるのかというのも疑問だった。

だけど、よく考えてみれば、俺にとっても好都合なのかもしれない。

春奈には、俺との恋人関係に固執してほしくなかった。

恋愛感情が消えていっているにもかかわらず、彼女は、別れという選択を、許されないものだと思い込んでしまっている。純粋な恋に対して、憧《あこが》れを通り越して、強迫観念のようなものすら抱いていた。忘恋病というハンデが、さらにその考えを強くしているのかもしれない。

今のまま付き合い続けるのは、どちらにとってもマイナスだと思う。

俺以外の人間と恋人として接してみることで、彼女の考え方が少しでも良い方向に変わるのであれば、そうするべきだと思う。

だけど——春奈の記憶は、消えないかもしれない。

満月の日、俺との記憶が残っている状態で、突然恋人が別の人間になっていたら、春奈はどう思うのだろうか。

俺が春奈のことを一方的に切り捨てたと誤解してしまうかもしれない。

だけど、春奈は聡明《そうめい》な人だ。最終的には、きっと俺の意図に気づく。そのとき、彼女はどんな選択をするのだろう。

とても酷《ひど》いことをしていると自覚はしている。誠実であろうとしている春奈に対する、裏切りとも取れる行為だ。

だけど、無力な俺は、そうすることでしか、春奈を縛る何かをほどく術《すべ》を持ち合わせていなかった。

ただ、彼女の恋心が薄れていってしまったとしても、俺の気持ちに影響はない。

もしも、春奈の記憶が消えていたならば、足を怪我していたとしても、春奈の恋人でい続けただろう。

春奈が俺に恋をしてくれている限り、離ればなれになるつもりはなかった。

春奈のことを、散々、純愛に対する強い憧れがあるなどと評しておいて、自分がこれではどうしようもない。

結局、俺は遠野の提案に対して、首を縦に振った。

6

そういえば、俺が春奈に出会ってから、ちょうど一年くらいが経つ。

初めて春奈のことを見つけたのは、高校一年生の九月のことだった。ほどほどに晴れていて、風も吹いていない、天気が良い日の昼休み。

夏の大きな大会が終わり、三年生は部活動を引退した。といっても、数人の先輩は相変わらず部活に参加していたけれど。

俺と玄は、外で昼食を食べていた。運動部の高校生なだけあって、弁当の量も多いが、二人ともそれほど時間をかけずに食べ切った。

「航哉、英語の予習ってやったか？」

五時間目は英語のリーディングの授業で、教科書の日本語訳を順番に読まされる。正直、三人称単数が怪しい生徒も在籍しているスポーツ科に予習を求めるというのもどうかと思うが、教師側としても、平等に扱わなくてはいけないのだろう。

「やってないけど、その場でどうにかする」

「はー、さすがだなぁ。お前ならスポ科じゃなくても入れたんじゃないか？」

鷹羽高校はそれなりに偏差値が高く、九割以上が大学進学を目指す進学校だ。しかしスポーツ科は、ほぼ全員がスポーツ推薦で入学する。テストでいくら悪い点を取っても、補習という名目で、答えが教科書にそのまま載っているようなプリントの穴埋めをして提出すれば単位は取得できる。試験よりも、部活動の結果が重視されるのだ。それはある意味、残酷なことではあるのだが。

「どうだろう。勉強すれば入れたかもな」

たしかに、俺の成績は悪くなかった。スポーツ科の中では、というだけで、普通科や理数科の生徒に比べたら下の方だけど。

ちなみに玄は勉強こそできないが、頭が良い。成績と頭の良さは必ずしも一致しないことを、俺は玄と出会って知った。

「そしたら航哉の分の推薦枠が空いて、もう一人強いやつが入ってきてたな」

バドミントン部は毎年、推薦で二人の中学生を入学させている。そのうちの一人が俺だった。

「そうかもな。まぁ、そうじゃなくても、うちは十分強いだろ」

団体戦としては、県内にライバルと呼べるような高校はない。決まって優勝するのは鷹羽高校だ。個人で強い選手も何人かいるが、県の上位はだいたいうちが独占する。

「だな。まず竹中《たけなか》さんが絶対落とさなかったもんな」

竹中さんは一つ上の先輩で、夏休み中に行われたインターハイでベスト十六に残った。ダブルスでもベスト三十二に入っている。

「あの人はマジで別格だよな。練習でも勝てたことないし」

「俺なんてセットすら取れないからな。ああ、竹中さんといえば、この前、女子と二人で歩いてるの見たな」

「そりゃ、あの人はモテるだろ。格好良いし、スマートだし、あんなに強いのに全然気取ったりしてねぇんだもんな」

派手な顔立ちというわけではないが、落ち着いていて、気品のようなものが感じられた。大会では、試合している竹中さんを応援する、ファンらしき女子たちも見かける。だから、彼女がいると言われてもまったく驚かない。

「ふっ……」

玄が突然笑った。

「何がおかしいんだよ」

「いや、お前だって似たようなもんだぞ」

「は？」

「格好良いし、スマートだし、強いのに全然気取ったりしてないじゃないか」

「どうしたんだよいきなり。気持ち悪いな」

戸惑い半分、照れ隠し半分で、気持ち悪いなどと言ってしまったが、俺が本気で言っているわけではないと玄ならわかってくれるはずだし、今さらそれでどうにかなる関係でもない。

「ははは。つまり竹中さんと一緒で、お前もモテるってことだ。彼女とか、作らないのか？」

「今度は恋バナかよ」

「たまにはいいだろ、こういうのも」

「まあ、そうだな」

思えば、入学してからずっと部活ばかりで、高校生らしい青春みたいなことをしてこなかった。練習終わりに部員たちとコンビニに寄って、ジュースを飲むくらいだ。

休みの日まで顔を合わせるほどに仲の良い部員も特にいない。もちろん、バドミントンを通して、それなりに団結力のようなものは感じているが。

「それで、この前告白された件はどうなったんだ？」

「……なんで知ってんだ」

それが聞きたかったわけか。

「さあね。で、なんて返事したんだ？」

「断ったよ。その女子のこと、まったく知らないし」

「知ってたら付き合ったってことか？」

「……どうなんだろ。わかんねぇな」

知らないからすぐに断ったが、知っていたら迷っただろうか。

そもそも俺は、男女交際のことがよくわからない。小学生のときに、なんとなく気になっていた女子はいたし、中学生のときも、可愛いな、とか、綺麗だな、と女子に対して思うことはあったけれど、それが恋だと断言できなかった。

「航哉のそういう誠実なところ、すごくいいと思うぞ」

「今日はやたら褒めてくるな。何か企《たくら》んでんのか？」

「なんにも。っと、そろそろ行くか」

ベンチから立ち上がり、玄は歩き出した。

「あ、俺ちょっとトイレ寄ってくから」

「りょーかい」

教室に向かう玄と別れ、トイレに立ち寄ってから教室へ向かう。今いる場所からだと、特別教室棟の階段を使った方が早い。鷹羽高校に入学してから約半年が経っていて、高校での生活に慣れつつあった。

人のいない廊下を歩きながら、壁に貼られた掲示物がはがれかけていたことに気づいた。俺は素通りしたが、角を曲がろうとしたとき、誰かがその掲示物のところに立っているのが視界の端に見えた。なんだろうと思い、振り返る。

知らない女子が、はがれかけていた掲示物を貼り直そうとしていた。しかし、上の方に手が届いていない。背伸びをしているが、あと少し身長が足りないみたいだった。

俺は歩み寄り、声をかけた。

「あの、よければ貼りますよ」

その女子は、少し恥ずかしそうにこちらを向き、お礼を言った。

「あ、ありがとうございます」

「いえ」

スカーフの色で同じ学年だということがわかったが、初対面なので、敬語で話すことにした。彼女のものと思われる化学の教科書とノート、筆箱が床に置かれていた。おそらく、実験室へ向かう途中だったのだろう。

「優しいんですね」

俺が掲示物を貼り終えると、その女子は微笑んだ。そのひと言が、胸に突き刺さる。優しくなんてない。最初は素通りしようとしていたのだ。優しいのは彼女の方だったし、自分がどれだけ冷たい人間かを自覚して、恥ずかしさすら覚えた。

「そちらこそ」

それを初対面の女子に話す必要はないと思ったので、無難な言葉を選ぶ。

「私はただ、このポスターが素敵だなと思ったので」

今、自分が貼っている掲示物を見る。吹奏楽部の演奏会の告知のポスターだった。

「吹奏楽部に友達が何人かいて、毎日頑張って練習してるんです。あ、私は帰宅部なので、ちょうど帰るときに練習してる音が聞こえてくるだけなんですけど……」

「もしはがれていたのが、このポスターじゃなかったら、貼り直そうとしてましたか？」

ポスターを直し終えた俺は、気になったことを尋ねてみた。初対面の人間に、積極的に話しかけるなんて、普段だったら絶対にしないはずなのに、いったい、どうしてしまったのだろう。

彼女も目を丸くして驚いていたけれど、俺の質問にはしっかりと答えてくれた。

「……どうなんでしょう。わかりません」

きっとこの人は、それがたとえ別の掲示物だとしても、貼り直そうとしていただろうな、と思った。なんとなくだけど。

「あ、早くしないと授業に遅れちゃいますね」

彼女はそう言いながら、床に置いていた持ち物を回収する。

一年二組、甲斐春奈。

バドミントンで培った動体視力で、ノートの表紙に書かれていた彼女のクラスと名前を確認する。

「手伝ってくれて、ありがとうございました」

スカートをひるがえして去っていく彼女のうしろ姿から、なぜか目が離せなかった。

7

それから、校内で何度か彼女とすれ違うことがあった。一人でいることもあれば、友人らしき小柄な女子と一緒のこともあった。

そのたびに、俺は彼女のことを目で追ってしまっていた。

知り合いと呼べるような女子は他にもいる。だけど、目で追ってしまうのは彼女だけだった。俺は甲斐春奈のことを、完全に意識してしまっていた。

今ならわかるけれど、意識した、なんてレベルではなかった。俺はどうしようもなく、彼女のことを好きになってしまっていた。

あんな、数分にも満たないくらいの、何気ない出来事で人を好きになるなんて、まったく思っていなかった。

あのとき触れた彼女の優しさが、それだけ魅力的だったということなのだろう。


ある日の三時間目。グラウンドで、体育の授業が行われていた。

窓際の席だった俺は、その様子を眺めていた。四チームでリレーをしているらしい。

次の走者が並ぶ中に、甲斐春奈の姿を見つけた。ビブスの色を見てみると、彼女のチームは最下位で、半周ほど遅れている。どこかでバトンの受け渡しミスなどがあったのかもしれない。ここからの逆転は絶望的だ。それなりに短距離走には自信がある俺が走ったとしても、おそらく無理だと思う。

けれど彼女は、バトンを受け取った瞬間、大きく腕を振って走り出した。

俺だったらたぶん、ほどほどに力を抜いて走っていただろう。ふざけてクラスメイトに手を振ったりしていたかもしれない。

だけど彼女は、少しでも前の走者との距離を縮めようとしているように見えた。クラスメイトたちも、彼女のことを応援しているのがわかったし、彼女がバトンを渡した女子も、全力で走っているように見えた。

　肩で息をする甲斐春奈の姿が、とても眩《まぶ》しく見えた。距離があるため、表情までは見えない。それなのに、どうしてか目が離せなかった。

「――五十嵐～。バドミントン部一年エースの五十嵐航哉～」

　そこで、自分の名前が呼ばれていることに気づいた。

「っす、すいません」

「グラウンド眺めてボーっとしやがって。そんなに走りたきゃ、部活の外周増やしてやるから安心しろ～」

　バドミントン部の顧問を務める男性教師の冗談で、教室に笑い声が響き渡る。俺も「はは。勘弁してくださいよ～」とおどけるが、胸の鼓動が鳴り止むことはなかった。

　恋は理屈ではない。

　恋愛もののドラマや、友人の話でなんとなくはわかっていたけれど、その本当の意味が、やっと理解できたような気がした。


　甲斐春奈を初めて見てから一ヶ月ちょっとが経った十月のある日。俺は彼女に想いを告げることにした。

　昔から行動力はあった。その行動力が、恋愛ごとにおいても発揮されることを初めて知った。とはいえ、告白自体は慎重に行った。堂々と呼び出したり、仲良くしようとすると、彼女に迷惑がかかってしまうかもしれない。

どうやら俺は、学校内でそこそこ有名人らしい。ファンのような存在もいるらしいのだが、そのことには最近気づいた。部活の大会のときに応援席に毎回いる人たちで、バドミントンが好きなのだろうか、くらいに考えていたけれど「あれ、お前のファンだぞ」と玄に言われて驚いた。

アイドルのような扱いはむずがゆかったが、直接話しかけてきたり、観戦中のマナーが悪いわけでもないので、特にこちらから何かするということはなかった。

クラスと名前はわかっているので、まずは彼女の下駄箱、メッセージアプリのIDを書いた紙を入れた。『五十嵐航哉です。もし迷惑でなければ、連絡ください』とひと言添えておく。

その日の午後にメッセージが届いた。

甲斐春奈［こんにちは　甲斐です］

五十嵐航哉［五十嵐です　話したいことがあります］

五十嵐航哉［一度、会ってもらえますか？］

翌日、ちょうど部活が休みだったので、放課後に春奈と会う約束をした。

ひとけのない校舎裏。待ち合わせ場所に現れた春奈は、俺を認めると、ペコリと頭を下げた。警戒しているようにも、何かを期待しているようにも見えた。

「五十嵐航哉です。今日は、時間を作ってくれてありがとう」

なるべく柔らかく聞こえるようにお礼を言う。

「甲斐春奈です。あの、五十嵐くんって、バドミントンが強い人ですよね。連絡もらったとき、名前見てびっくりしました」

春奈は俺の名前を知ってくれていた。たったそれだけのことが嬉しかった。口数が多いのは、緊張しているからだろうか。

「まあ、そこそこ強いと思うけど……」

つられてこっちまで緊張してしまう。自分から告白することなんて、初めてなのだ。

「えっと、私たちって、初対面ですよね？」

なぜ自分なんかが声をかけられたのかわからない、といった様子で、春奈は問いかける。

「実は二度目なんだけど、覚えてない？」

春奈は一歩だけ距離を詰めると、俺のことをじっと見る。透明感のある、きめ細かな肌。綺麗な形をした唇は、今は真っ直ぐに閉じられている。そよ風が吹いて、少しだけ色素の薄い、柔らかそうな髪が揺れた。可愛らしい瞳に真っ直ぐ見つめられ、思わず視線を逸《そ》らしそうになったところで、

「ああ！　あのときの！」

ようやく春奈も思い出したみたいで、いくらか表情が和らいだ。

「うん。あのときの」

「それで……私に何か？」

身長差があるので、上目遣い気味に見られて、心臓の鼓動がさらに速くなる。

可愛いな、と思う。

彼女が本当に可愛いのか、好きな人だから可愛く見えるのか。おそらく、その両方なのだろう。

「あのとき、甲斐さんのこと、好きになったみたいなんだ」

俺はストレートに思いをぶつける。

今までだってそうしてきた。

自分よりも強い相手に勝つために、ひたすら練習を積み重ねてきた。

立ち止まって考えるよりも、身体を動かす方が、俺には合っている。非効率的かもしれないけれど、練習しているうちに、勝てなかった原因がわかってきたりもする。

「…………」

俺の告白を受けた春奈は、固まってしまった。

「えっと、ごめん。突然」

やっぱり、いきなりすぎたかもしれない。

「……あ、こちらこそごめんなさい。びっくりして」

「そうだよね」

今のは忘れて。そんで、もしよければ、友達から。そんな文章を頭の中で作っているうちに、

春奈は笑みを浮かべた。

「でも、すごく嬉しい」

「え?」

「好きだって言ってもらえて、嬉しくないわけない」

「あ、えっと、じゃあ……俺と、付き合ってもらえますか？」

準備してきた台詞のはずなのに、もう少し落ち着いて言うつもりだったのに、勢いよく喉《のど》から言葉が出てきて、噛《か》みそうになってしまった。

春奈は焦ったように、視線をキョロキョロ動かす。

「あ、えっと……」

どうやら、言葉をまとめているらしい。

「まだお互いのことをちゃんと知らないので、いきなり彼氏彼女っぽくはなれないとは思うけど……でも、私も五十嵐くんのこと、知りたいって思うので、ゆっくりでよければ、ぜひ……お願いします」

温かさが全身を満たしていく。

「呼び出されたとき、正直、ちょっとだけ、そういう展開もあるのかなって考えてたんだ。でも、私みたいな普通の人間が、校内でも有名な人気者に告白されるなんて、あり得ないと思ってたし」

春奈は顔を赤くしながら、言い訳みたいにまくし立てる。

「…………」

「どうかしたの、五十嵐くん？」

俺があまりにも呆気《あっけ》にとられていたからだろう。春奈が首をかしげて尋ねる。

「あ、いや、こんなにすんなり受け入れてもらえると思ってなくて。正直、嬉しさよりも驚きの方が勝ってるような感じ」

「あはは。私も結構びっくりしてるよ。お揃いだね」

今まで見た中で一番の笑顔に、落ち着きかけていた心臓が跳ねる。

きっとこうして、俺はどんどん目の前の女の子を好きになっていくのだろう。そんな、予感にも似た確信があった。

「でも、俺が悪い人だったらどうすんの?」

「全然知らない女子が困ってるところを助けてくれるような人が、悪い人なわけないよ」

微笑んだ春奈につられて、俺も表情をほころばせる。幸せな気持ちが、激しく脈を打つ心臓から全身に行き渡っているような気がした。

「五十嵐くん。これから、よろしくね」

「こちらこそ」

そういうふうに、俺と春奈は恋人同士になった。

8

忘恋病が発覚したときも、俺の春奈に対する気持ちは変わらなかった。

『俺はずっと春奈のことを好きでいるし、春奈との思い出は、俺が全部覚えてるから』

『何回だって春奈のことを好きにさせる。だから改めて、俺と付き合ってほしい』

あのときの言葉に嘘はない。だけどそれは、春奈も俺を想ってくれていることが前提だ。

春奈の考えそうなことはわかる。

自分が恋の記憶を忘れてしまうにもかかわらず、五十嵐航哉は自分のことを受け入れてくれた。だから自分も、最大限、彼の気持ちに報いなければならない。

彼女は、自分の気持ちよりも他人の気持ちを優先してしまうところがある。想像力が人よりも高くて、他人のために何かすることに抵抗がない。

俺はたしかに、春奈のそういうところを好きになった。

だけど、俺との恋人関係に関しては、恋愛感情だけで考えてほしかった。

恋人と思い出を共有できないことが悔しいのだと、嬉しいと感じたことを、すぐに忘れてしまうのが悲しいのだと、春奈は理不尽な病に苦しめられてきた。

俺はその様子を、一番近くで見てきた。

今は、逆のことで苦しんでいる。

好きでいる間の記憶を失って、覚えていることが、気持ちが離れている証明になる。

なんて残酷な病気なのだろう。

全治三週間の怪我は、春奈との関係について考えるちょうどいい機会だった。

俺はまだ、春奈のことが好きで、彼女と恋人としての関係を続けていきたいと思っていた。

では、春奈の方は今、俺のことを覚えているのだろうか。先月は、俺の記憶が消えていなかったけれど、今月はどうだろう。春奈はまた、俺のことを好きになってくれただろうか。

できれば、記憶が消えていてほしい。

そうすればまた、何事もなかったみたいにして、恋人としてリスタートできる。

その場合、三森要人のことはどうなるのだろうか。恋の記憶として消えていれば問題はないのだが、それは春奈がたとえ一ヶ月の間だとしても、他の人間に恋をしていたことになる。モヤモヤするが、仕方ないことだ。

では、俺のことを今回も覚えていたとして――俺に対する恋が終わってしまっていたとして、春奈はどうするだろう。

彼女が一週間後の満月まで、俺に何も言ってこなければ、俺はそのまま恋人として春奈のことを受け入れようと思う。

つまり一週間後、春奈と俺の恋人という関係性が元に戻った場合、俺は彼女の記憶があるのかどうかが、わからない状態になる。

そんな状態で、今までみたいに付き合い続けることができるのだろうか。

その覚悟が、なかなかできなかった。

だけどその悩みは、他の人だって持っているのではないか。

相手が自分のことを好きなのかどうかなんて、誰もわからないのだ。

恋が、こんなにも不安なものだなんて知らなかった。

月は徐々に満ちてきている。

春奈の恋が消えるまで、もう少しだ。

彼女は今、どうしているだろうか。

先月。満月の直前に、俺は春奈に自分の気持ちを伝えた。

松葉杖《づえ》も不要になって、俺の足は回復に向かっていた。それなのに、春奈の表情は冴《さ》えないままだった。

きっと、怪我のことだけではないのだろう。恋をしていたはずの記憶が残ってしまっているという事実に、彼女は傷ついている。

大好きな人を苦しめてしまっているという情けなさに、心が破裂してしまいそうだった。

俺も春奈も、お互い苦しい思いをしているのなら、恋人である必要はあるのだろうか。弱気な考えに、心を支配されそうになる。

俺が足を怪我したあとの数日間、春奈は俺の通学の際に荷物を持ってくれた。まるで、それが義務であるみたいに。

責任感の強さも、他人のことで過度に傷ついてしまうところも、全部好きだった。

普通に近い状態で歩けるようにもなり、送迎はもう必要ないと告げた。

「今までありがとう」

俺は、そっと春奈を抱きしめた。本当はもっと強く抱きしめたかったけれど、そうしてしまえば、一ヶ月間、彼女と距離を置く決意が鈍ってしまいそうで。

「……ううん。そんな、お礼言われることなんてしてないよ」

これが、俺と春奈が最後に交わした言葉だった。

今までっていうのは、送り迎えをしてくれたこの数日間のことじゃない。

春奈と出会ってから、今日までの日々のことだ。

もちろん今は、それを打ち明けることなんてできるはずもなくて。

二人の恋に、余計なものを持ち込んでほしくなかった。

情けとか、義務感とか、そういうものは排除して――。

恋人として好きか、そうじゃないか。

それだけで全部を決めてほしかった。

綺麗事だと言われるかもしれないけれど、これが今の俺の偽らざる本音だ。

だって、恋はそういうものだと思うから。

9

春奈の記憶に俺がいることが明らかになった翌日の昼休み、空き教室に呼び出されていた。

相手は三森要人。彼と話すのは約一ヶ月ぶりだ。

「五十嵐は、春奈の記憶が失われてないって気づいてた?」

前置きなしに、彼は直球をぶち込んできた。

「どうしてそう思った?」

俺は動揺を隠しつつ、逆に尋ねる。

「春奈の様子を見てて、先月の記憶があるのかもって思ったのと、五十嵐が春奈から距離を置いた理由が、もしかしたらそういうことなんじゃないかって考えた」

「さすが理数科。頭が良いんだな」

「茶化さないで」

お互いに何も言わない時間が続いた。

先に沈黙を破ったのは、三森の方だった。

「この一ヶ月、春奈がどれだけ苦しんだか、わかってるの？」

「わかってるつもりだ」

「じゃあ、どうして――」

「もう、これ以上苦しめたくないんだよ！」

俺は語気を強める。

「初めて俺のことを忘れてからもずっと、春奈は悩んできたんだ。ひと月ごとに、罪悪感を抱えながら、何度も恋をやり直して。やっと恋愛に前向きになってきたと思ったら、今度は恋の方が終わって……って、なんだよそれ……。どこまで春奈を傷つければ済むんだよ」

「…………」

三森は何も言わず、黙って俺の方を見ていた。

「俺の気持ちなんて、お前には絶対にわからない」

「わからないよ。でも、今の五十嵐じゃ、春奈に好きになってもらうことはできないってことはわかる」

強く断言する言い方に腹は立ったけれど、怒る気になれなかった。三森の瞳が、とても悲しい色をしているように見えて――。

「好きになってもらうことだけが、大切じゃないんだと思う」

「……どういうことだよ」

三森の言っている意味がよくわからなかった。

「僕には、好きになってもらわないといけないって気持ちが、五十嵐の中で強くなりすぎてるように見える」

「そんなこと――」

否定しきれなかった。たしかに俺は、春奈に好きになってもらおうと考えてばかりだった。春奈のことが好きかどうかなんて、その答えは明白だけど、好きだからこうしたいというよりも、好きになってもらうにはどうすればいいかばかりを考えていたように思う。

きっと、バランスを失っていたのだろう。

「今、春奈は自分の気持ちに整理をつけようとしてる。だから、もし春奈に何か言われたら、五十嵐もちゃんと向き合ってほしい」

俺はずっと、春奈と向き合っていると思っていた。

彼女の気持ちを一番に尊重して、彼女自身が決めればいいと思っていた。

だけど、それは優しさではなく、ただの逃げなのではないか。

そのことに気づかされた。

「わかった。ちゃんと、俺自身の気持ちを伝える」

春奈からメッセージが届いたのは、その翌日――満月の五日前の午後だった。

甲斐春奈「会って話したいことがあります」

甲斐春奈「練習終わるまで待ってます」

練習が終わったらまた連絡する、と返事をして、俺は部活に向かった。

春奈がどういう話をしようとしているのか、確信はなかったけれど、予感はあった。不思議と、心は穏やかだった。

まだ足が完全に治っていたわけではなかったので、全体練習には混ざらずに別メニューをこなしていた。その日の調子によって時間も調整していたので、終わろうと思えばすぐに終えることだってできたが、そうはしなかった。

キュッ、という、シューズと体育館の床が擦れる音を聞きながら、俺は無心で足を動かし続けた。結局、顧問から「あんまり無理するな。そろそろ帰れ」と言われて、しぶしぶ練習を終えた。

足にはほんのりとした痛みがあって、練習中はそれに気づかないふりをしていた。

たぶん、春奈と話したくない気持ちがどこかにあったのだと思う。話してしまえば、今度こそ決定的に俺たちの関係が変わってしまうような気がしていたから。

なんだか、小さな子どもみたいで笑ってしまう。


「……航哉」

練習が終わったという連絡を入れ、着替えて体育館を出たところで、春奈が現れた。

久しぶりに、真正面から見る大好きな人の姿に、好きな人が自分の名前を呼ぶ声に、涙が出そうになる。

「ちょっと、歩こうか」

「うん。荷物、持つよ」

「もう大丈夫だよ。ほぼ治ってるし」

俺は右足をぶらぶらと振って見せた。

「そっか」

校門を出て、適当な道を歩く。

「……ごめんね」

ポツリとこぼした彼女の悲しそうな声に振り向くと、声と同じくらいに悲しそうな顔があって。

そんな顔はさせたくなくて、俺は彼女との距離を置いたはずなのに。

先月、俺がちゃんと春奈に好きになってもらっていれば、彼女はこんなに苦しまなくてよかったのだと思うと、自分の無力さに憎しみさえ覚える。

「大丈夫。なんとか大会には出られそうだし」

「無理は……しないでね」

「わかってる。それで、今日は話したいことがあったんだよな」

たぶん切り出しづらいだろうから、俺の方から話を促す。

「航哉」

春奈は再び、俺の名前を呼ぶ。

その声音だけで、わかってしまった。

込められた温度で、春奈が別れを告げるために俺に接触してきたことを、確信した。

「私、先月から、航哉のこと覚えてた」

そのひと言だけで十分だった。

「うん」

「話すのが、遅くなってごめん。でも、航哉のことを、嫌いになったわけじゃない」

気持ちが恋じゃなくなることと、嫌いになることはイコールではない。それは、理屈の上ではわかっていたけれど、改めて春奈の口から聞くと、少し安心する。

「でも、付き合い始めたときの、好きって気持ちは、どんどん薄くなっていってるみたい」

「そっか」

「ごめんなさい。こんな私を受け入れてくれたのに……」

今にも泣きそうになっている春奈に、俺は焦る。

病気が発覚したときも、彼女は涙を流さなかった。それなのに、今の彼女は、俺に対する罪の意識から涙を流している。

「それは、どうしようもないだろ」

「でも——」

「お互い様だ。俺の方が先に、気持ちが離れていく可能性だってあった。一人の人間をずっと好きでいなきゃならないなんて決まりはないし、一途に想い続けるなんて、難しいことなんだから」

きっと春奈も、それを十分に理解しているはずだ。頭では理解しているけれど、心は追いついていないのだろう。

満月の日、恋人として知らない男子が現れてから、今、こうして俺に接触してくるまでの、三週間という時間が、彼女の葛藤《かっとう》を示していた。

「泣くなって。俺が勝手に春奈のことを好きになって、付き合ってもらってたんだ」

「私も、航哉のこと、ちゃんと好きだったよ」

過去形であることが、今は違うのだと強調しているようで、胸が苦しくなる。

「知ってるよ」

先月より前は、彼女の恋の記憶は消えていた。だからちゃんと、春奈が俺に恋をしてくれていたことはわかっている。

「ごめんなさい……」

「俺は大丈夫だから」

彼女の涙を拭えたら、彼女を抱きしめられたら、彼女に触れられたら、どれだけいいだろう。

だけど、今の俺にはその資格はない。

「私が航哉のことを好きになったのは、間違いだったのかな……」

「そんなことはない。絶対に」

春奈のおかげで、部活もあんなに頑張れていた。

初めて春奈に出会ったとき、その優しさに触れて恋をした。

体育の授業で、全力で走る春奈を見たとき、俺の中で何かが変わった。

告白はドキドキしたけれど、受け入れてもらえて嬉しかった。

二人で一緒に過ごした時間は、間違いなく幸せだった。

たしかに、恋が終わってしまったことは悲しいけれど、春奈との日々は楽しかったと断言できる。

それを間違いだなんて、言ってほしくなかった。

だけど、いくら言葉を尽くして説明したところで、春奈の頭の中には、恋をしていた日々の、楽しかった記憶は存在しないのだ。

そんなの、不公平じゃないか。

「っ……」

涙がこぼれてしまいそうになるけれど、歯を食いしばってぐっとこらえる。

本当に——忘恋病という病気は、春奈のことを、どこまで苦しめれば気が済むんだ。

心が痛くて、仕方がなかった。

どうすれば、この恋が間違いではなかったことを証明できるのだろう。

俺は考えて——。

「……そうだ。来週の大会、観に来てよ」

一つの答えを導き出した。

「え?」

「この恋が、間違いなんかじゃなかったってこと、証明するから」

彼女の顔を真剣に見て、俺は告げる。

「春奈がいてくれたから頑張れたんだって、わかってもらえるような試合をする。だから、観に来てほしい」

「……わかった。絶対に行く」

その笑顔からは、まだ無理をしていることがうかがえたけれど、来週の大会で、それを払《ふっ》拭《しょく》すると、強く胸に誓った。

「とりあえず、まずは、今までありがとう」

「こちらこそ。本当に……ありがと」

彼女の笑顔を見ることができて、俺は少しホッとする。

しかし、すぐにその笑顔は崩れていく。

「春奈……」

「ごめん……」

春奈は顔を伏せてしまう。再び、彼女の目じりから涙がこぼれた。

「私が……泣いちゃ、いけないのにね」

「ううん。泣いてくれるの、普通に嬉しいし。それだけ俺のこと、もったいないと思ってくれてるんだろ？」

胸の痛みを表情に出さないように、俺は笑った。

どうせなら、最後まで見栄を張らせてもらおう。

それくらいの強がりは許されるだろう。

第五章　甲斐春奈の決意

私の恋は間違っていなかったのだと、君が証明してくれたから。

過去を大切な記憶にして、新しく未来へと踏み出せる。

1

航哉と話し合って、正式に恋人ではなくなった翌日。

私は花蓮と、中庭でお昼ご飯を食べていた。

「あのね、花蓮」

「うん」

「話したいことがあるんだ」

「聞く。教えて」

花蓮はきっと、色々なことを察しているのだろう。だけど、私から言い出すまで細かいことは聞いてこなかった。そんな優しさが、私は大好きだ。

　私は昨日の、航哉との出来事を話す。

「……そっか。そうなったんだ」

　花蓮は非難も慰めもせずに、ただありのままを受け入れてくれた。

「なんか、暗い話になっちゃってごめんね」

「ううん。全然。話してくれてありがと」

　二ヶ月前から記憶が消えていなかったことも打ち明けた。私が航哉の連絡先を尋ねた時点で、ある程度察していたようで、あまり驚いてはいなかった。

「記憶が消えてなかったっていうのは、忘恋病が治ったわけではないんだよね」

　私も、もしかしたらそうなのではないかと思ったこともあったけれど、残念ながら違った。

「うん。定期健診でも、特に変わりはないって言われた。一応、記憶が消えてないってことも話したけど、濱口先生は『それは恋じゃなくなってるだけだと思う。彼に対する恋愛感情が薄れてるんじゃない？』って、ズバッと指摘されちゃった」

「あはは。あの人なら言いそう」

「ね」

　無理やり明るく話してみるけれど、私が経験したのは、紛れもなく失恋というもので。

　どう会話を続ければいいのかわからずに、二人して黙り込んでしまう。

「……春奈。本当に、ごめんね」

　突然、花蓮が深く頭を下げる。私はそれを、要人が恋人であるという嘘をついたことに対する謝罪だと考えた。

「大丈夫だよ。私のことを考えて、そうしてくれたんでしょ」

最初は戸惑ったけれど、花蓮は理由もなくそういうことをする人間ではない。それくらいはわかっている。

「うん。だけど、それだけじゃないの。私の話も聞いてくれる？」

そして同時に、隠された何かがあるのだろうということも、うっすらと察していた。

「もちろん」

だって、ただ航哉が私に心配をかけたくないのであれば、一ヶ月だけ、私に恋人がいないということにすればいいのだから。

私の記憶が消えていないことに航哉が気づいていて、思い悩む私を解放したいという話であれば、代わりの恋人を用意するというのも、ギリギリ納得はできた。とても不器用で、回りくどいやり方だけど。

しかし、私の記憶が消えていなかったことも、航哉がそれに気づいていることも、花蓮と要人は知らなかったはずだ。

ただ単に、航哉の足の怪我のことで、私に負担をかけたくないという理由だけであれば、わざわざ代わりの恋人を用意する必要はない。花蓮と要人が、二人揃ってそれに気づかないわけがなかった。

だからきっと、航哉みたいに、二人にも何か理由があるはずなのだ。

私はそれを知りたかった。

花蓮は、口を開きかけて、一度閉じる。彼女が迷っている姿は珍しい。

数秒の沈黙のあと、意を決したように、私の親友は話し出した。

「……私ね、好きな人がいるの」

「え？」

予想外の導入で、驚いてしまった。

「だけど、私の好きな人には好きな人がいるの」

この話は、私に関係があるのだろうか。もしあるのだとすれば……。

「花蓮の好きな人って、もしかして——」

「うん。三森のことが好きなんだ。もう、四年以上になるかな」

花蓮と友達になってからもうすぐ五年が経つけれど、初めて見る表情だった。

「じゃあ、要人の好きな人っていうのは？」

なんとなく予想はできていたけれど、その予想を確信に変えたくて、だけど聞いてしまえばもう戻れないような気もして——私はおそるおそる問いかける。

「三森は、春奈のことが好きなんだって」

「そう……なんだ」

ただ、代わりに恋人役を引き受けていたわけではなかったんだ……。

今までの要人の行動を思い出す。

真っ直ぐに向けられた綺麗《きれい》な瞳《ひとみ》。

私の頭を優しくなでる大きな手。

耳元でささやかれた甘い言葉。

心臓の鼓動が速くなったのは、他人から好意を向けられていることがわかったからだろう。

本当にそれだけだろうか。

その好意が、要人からのものだったせいで、余計にドキドキしているような気もする。

自分の感情がわからなくなってしまう。

「どうしてなんだろうね。好きになる人って、どうして選べないんだろう。こんなに好きになったのに、どうして振り向いてくれないんだろう」

「花蓮……」

私に、何が言えるだろう。どんな言葉をかけたところで、花蓮の悲しみに寄り添えないことはわかり切っていて。そのことが、たまらなく悔しかった。

「好きな気持ちって、どうして消せないんだろうね」

花蓮は笑いながら話しているけれど、とてもつらい思いをしてきたのだと思うと、心が痛くなる。

「ごめん、花蓮。私……」

「ううん。謝らなくて大丈夫。というか、謝らなきゃいけないのは私の方だし。忘恋病がうらやましいって、ちょっとだけ思ったんだ。苦しい恋のことも忘れられるんだから。どう？　最低でしょ？」

「そんなこと——」

「春奈は可愛くて素敵な女の子だから、私にはどうやっても勝ち目がないの。だから春奈に勝とうとすると、三森に春奈のことを諦《あきら》めさせるくらいしか……それくらいしかできなくて……。だから、春奈を利用したんだ。本当に最低だよね、私」

花蓮は今、わざと強い言葉を使って、自らを罰しようとしている。

「そんなことないよ。私も、わかるから。恋が、綺麗で楽しいことだけじゃないって。それより、私こそ、嫌われてないか心配で……」

私は花蓮にとって、いわゆる恋敵なのだ。恨まれていてもおかしくない。

「何言ってんの。そりゃ、ちょっとは嫉妬《しっと》とかはしたけれど、春奈のことを嫌いになんてなってない。だって、春奈のこと、私も大好きだから。もし春奈がもっと性格の悪い人だったら、殴り合いの喧嘩《けんか》になってるかもしれないけど」

無理して冗談を言っていることは明白で、だから私も、泣きたい気持ちをこらえて笑うことにする。

「殴り合いは嫌だなぁ……。せめて口喧嘩くらいがいい」

「ふふ、そうだね」

花蓮が笑顔を見せてくれたことに、少しだけホッとした。

彼女はすぐに、真面目な顔に戻って続ける。

「そんなわけで私は、三森に春奈のことを諦めさせたかった。春奈の記憶には、恋人は残れないんだってわかれば、もしかしたら、三森も諦めるかもって思った。それで、私の方を見てくれるわけでもないのに」

「そうなんだ」

私の忘恋病を利用して、花蓮は自分の恋を叶《かな》えようとしていた。

言葉にしてしまえばそういうことになる。

ショックを受けてもおかしくないと思うけれど、どうしてか、私はマイナスの感情を抱くことはなかった。

花蓮が私のことを利用しようとしていたことが本当だとして、同時に私のことを案じてくれていたことが、嘘になるわけではない。

彼女が忘恋病である私に、ずっと寄り添ってくれていたことは、紛れもなく真実だ。

「本当にごめんね。もし、春奈が許してくれるなら、これからも、友達でいてほしい」

私はゆっくりと首を振る。

「そう……だよね……」

それを、もう友達でいられないという意味だと思ったのか、花蓮の顔が歪《ゆが》む。

「違うよ、花蓮。許すとか、許さないとかじゃない」

普通の恋ができなかった私に、この強くて格好良い女の子が友達でいてくれたことが、どれだけ救いになったか、本人は気づいているのだろうか。

「花蓮は今までも、これからも、私の大事な友達だよ」

「……春奈っ！」

花蓮の瞳から、ボロボロと涙がこぼれる。

私と花蓮の関係性が、恋じゃなくてよかったなと思った。

花蓮が私のために忘恋病についてたくさん調べてくれたことも、航哉との恋を本気で応援してくれていたことも、私は知っている。

花蓮のしたことは、他の人からすれば、批判されるべきことなのかもしれない。

だけど、私はそうしようとも、したいとも、すべきとも思わなかった。

だって、恋ってきっとそういうものなのだと思うから。

どうしても、恋の前では、人は醜くなってしまう。

「落ち着いた？」

「うん。もう大丈夫」

泣きじゃくっていた花蓮は、数分でいつものクールな女の子に戻っていた。


大切な親友とのわだかまりが解消されて、ひと安心はしたのだけれど。

同時に、心の隅に、何かが刺さっているような感覚があった。

花蓮が要人のことを好きだと言ったことに対して、私はモヤモヤした感情を抱いている。

まるで、私も要人に恋をしているみたいだ。

だけど要人は、偽物の恋人で。

私まで役に入り込んでしまったから、錯覚しているだけなのだろう。

たしかに要人は素敵な男の子だ。優しくて頭が良くて、ユーモアもある。花蓮が好きになるのもうなずける。

そして、先ほど花蓮が言っていたことを思い出す。

『三森は、春奈のことが好きなんだって』

すっかり忘れていたけれど、要人が私のことを好きなのは嘘じゃないんだっけ……。

顔がまた熱くなってくる。

その様子を見て、勘の良い花蓮はいたずらっぽく、ほんのちょっと寂しそうに笑う。

「ねえ、恋人として一緒にいて、春奈は三森のこと、どう思ったの？」

「私は……」

要人のことを好きだと思う気持ちが、まったくないとは言い切れなくて、つい口ごもってしまう。花蓮は、私の心を見透かしたように、優しく微笑んだ。

「ねえ、春奈」

「ん？」

「来週の月曜日って空いてる？」

「うん、空いてるよ」

「じゃあ、ちょっと話したいことがあるんだけど」

その日は満月だった。

三森要人が偽物の恋人だとわかった今、彼との記憶は、消えてしまうのだろうか。

2

航哉と話をする少し前。彼の連絡先を知ったはいいものの、私はなかなか踏み出せないでいた。ようやく自分の置かれている状況と向き合うことを決めたのに、ここでもまた、私は迷っている。

　そこで、姉に相談することにした。年の離れた姉である七海は、もうすぐ三十歳になる社会人だ。今は年下の旦那《だんな》さんと二人暮らしをしている。

　幼いころから、私の母親代わりになってくれたのが姉だった。優しくて聡明《そうめい》な女性で、私の憧《あこが》れだった。私の忘恋病が発覚したときも、姉は真っ先に駆けつけてくれた。

　メッセージを送ると、姉はすぐに家に招いてくれた。

「で、今日はどうしたの？」

「ちょっと、相談したいことがあって」

「もしかして、彼氏のこと？」

「……うん」

　やっぱり、ちょっと照れくさい。

「あはは。なんか嬉《うれ》しいかも」

「なんで？」

「今まで、そういう話、あんまりしてくれなかったから」

「だって、なんか恥ずかしいし……」

「ま、そうだよね。それで、相談っていうのは？」

　私は少し考える。あくまで具体的な質問はせずに、尊敬する姉の考え方を聞こうと思っていた。私ももう高校生だ。最終的に色々な決断をするのは、自分自身だということも理解している。何かの参考になればいい、くらいの考えで、私は口を開いた。

「お姉ちゃんはさ、翔太《しょうた》さん以外に付き合ってた人とかっていたの？」

翔太さんというのは、姉の旦那さんだ。私でも知っているような、有名な企業で働いている好青年。二人は高校のときから付き合っているとは聞いていたけれど、それより前の姉の恋愛事情は知らなかった。

「いないよ。翔太が初めての彼氏」

「やっぱり、そうなんだ……」

とても理想的で素敵な恋だと思った。同時に、それがどれだけ難しいことかを、今の私は痛いほどにわかる。

「春奈ってさ、運命の人とか、永遠の愛みたいなの、好きだよね」

今の質問で、私が具体的に何に悩んでいるのかを理解したみたいに、聡明な姉は言葉を紡いでいく。

「でもね、一度好きになったら、ずっと好きでいなきゃいけないなんてことはないんだよ」

「だけど、お姉ちゃんは――」

高校のときに付き合った初めての恋人と結婚した人が言っても、説得力に欠けるのではないか。

「たまたまだよ。初めて付き合った人とたまたま結婚したってだけ。運命的とかじゃないの。ただ、運がよかっただけ」

現実的な言葉に、ハッとさせられた。

「私も、中学生くらいのときは、そういう恋に憧れてたよ。でも、自分も相手も人間なんだから、全部が上手《うま》くいくわけじゃない」

たしかにその通りだ。言っていることは理解できる。だけどなんだか、それが悲しいことに思えてしまって。

「例えば、運命の相手じゃない人がいるとして」

黙り込む私に、姉は優しく言い聞かせるように話す。

「好きになった人が運命の相手じゃないって、そんなに残酷なことかな？　だって、運命の相手って、具体的にどんな人なの？　結婚した人って意味だったら、結果論だと思うし、そもそも、運命の相手じゃない人を好きになることは、間違いではないと思うけど」

運命の相手じゃない人を好きになることは、間違いではない。

私の中のぐらついていた恋愛観が、ゆっくりと崩れていくのがわかる。

今までずっと、五十嵐航哉は運命の人だと思ってきた。

運命の人だから、私は彼のことを好きでなければいけないと思い込んできた。

純粋な恋愛に対する理想ばかりが大きくなっていた。

恋をしたとしても、その恋が終わってしまうことだってある。

現実の恋愛は、ドラマや漫画のように、綺麗に上手くいくわけじゃない。

「……ありがとう。お姉ちゃん」

「うん。春奈の話ならいつでも聞くからね」

次の満月までに、私は色々なことを決めなくてはならない。

自分の心と、航哉と、しっかり向き合おうと思う。

『今までありがとう』

今の私なら、航哉が最後に告げた言葉の意味を、ちゃんと理解できる気がする。

3

その週の日曜日。

私は花蓮と一緒に、航哉の試合を観に来ていた。

「春奈、来てくれたんだ」

大きな体育館の応援席で、ユニフォーム姿の航哉とばったり会った。

友達としての適切な距離感を保って、航哉と対面する。恋人として過ごしたときの距離との数センチの差が、なんだか切ない。

「うん。頑張って。でも、無理はしないでね」

「わかった。無理せず優勝するから、見てて」

「あはは。応援してる」

自然に話せたことに安堵《あんど》しつつ、私は最初の試合へ向かうかつての恋人の後ろ姿を見送った。


十月の後半。残っていた夏の暑さも消えて、だいぶ涼しくなってきた。しかし、体育館内は熱気に包まれている。

私は応援席で航哉の試合を眺めていた。一つ前の試合では危なげなく勝利を収めていて、現在進行中の試合も、余裕を持ってリードしている。

「航哉がバドミントンしてるところ、初めて見る。彼女だったのにね」

夏の大会を見に来たことはあるはずだけど、そのときの記憶は消えている。私がまだ、航哉に恋をしていたときの話だ。

「大丈夫。春奈と五十嵐は、ちゃんと恋人だったよ」

花蓮の言葉は、いつも私の不安を和らげてくれる。


午後三時を少し回り、決勝戦が始まった。

航哉の相手は町野くんだった。航哉から名前だけは聞いたことがあったけれど、話したことはない。

同校対決なので、お互いに応援はなく、長いラリーが続いたときは拍手が響いた。

おそらく、怪我の影響もあるのだろう。短期決戦を試みる航哉に対して、町野くんはとにかく打ち返して、持久戦に持ち込もうとしていた。まだ試合は序盤なのに、航哉の息は上がっている。

「ねえ、花蓮」

怪我をしていたことが嘘のようにコート内を縦横無尽に動く航哉を見ながら、私は隣に座る親友に呼びかけた。

「ん？」

「航哉は、どうして私に試合を観に来てほしかったんだと思う？」

試合を観に来てほしいと言われた日から、ずっと考えていたことだ。

「ん〜、私もちょっと疑問に思ってた。普通に考えたら、もう一回自分のことを好きになってほしいとか、格好良い姿を見せたいとか、そういう感じじゃない？」

改めて言葉にされると、なんだか恥ずかしい。たしかに、そういう考え方もできるけど、そんなことを思ってもらえるほど、自分に魅力があるとは思えないし、それに――。

「でも、五十嵐らしくないよね」

すぐに花蓮が、私の言葉を先読みするように言った。

「うん」

私はうなずいた。恋人として接していた期間の航哉は、あまり自分の欲や考えを表に出さなかった。

自分に自信があるからこそ、彼の言葉や行動には余裕が感じられた。

私の知っている五十嵐航哉はそういう人間だ。

だから、私は一つの結論にたどり着いた。

「航哉は、私を安心させたかったのかなって思うんだ」

本人に聞いたわけではないけれど、間違っていない確信があった。

航哉は、どこまでも真っ直ぐに、私のことを想ってくれていた。

「それ、すごく五十嵐っぽい」

花蓮も同意する。

航哉はきっと、私たちの関係を、優しく終わらせたかったのだ。

そんなできすぎた人が自分を好きになってくれたことが、とても嬉しくて、そんな素敵な人への恋心が薄れてしまっていたことが、とても悲しい。

涙で視界がぼやけた。私は指でそれを拭《ぬぐ》って、しっかり目に焼き付けるように、彼の勇姿をじっと見つめる。

言葉ではなく、目に見える形で示してくれたことを、私はしっかり受け止める義務がある。

今日、本当の意味で、私は航哉との恋を終わらせることができるのかもしれない。

決勝戦が終わって、私たちが帰ろうとしたとき、町野くんとばったり会った。

「あいつ、強かっただろ」

決勝戦は航哉が勝利した。町野くんは負けたのに、爽《さわ》やかな表情だ。

私は突然のことにびっくりしたけれど、あまりにも自然に話しかけてくるものだから、普通に応じてしまった。

「うん。強いのは知ってたけど、すごかった」

私はありのままの感想を告げる。

「甲斐と付き合い始めてから、もっと強くなった」

「え?」

「なんかよくわからんが、それまでのあいつは、中途半端なところがあった」

「中途半端……」

そう言われても、信じられない。私と付き合う前から、航哉はバドミントンが強かったはずだ。中途半端な人が、全国大会に出場できるわけがない。

「運動神経も良いし、それなりに真面目だから、ちゃんと練習はしてたんだが、たまに、こう……ちょっと手ぇ抜いてんなって思うこともあった。良い言い方をすれば、俺たちに合わせてるって感じだ。他の部員は気づいてなかったかもしれんが」

「そう……なんだ」

「たしかに、俺たちが取れないようなコースに打つよりは、多少甘いコースに打ってラリーを続けた方が、航哉にとっても俺たちにとっても練習になる。だから別に、手を抜いていたからといって、俺たちを見下してるとか、そういう話じゃない」

町野くんの話は、理路整然としてわかりやすい。きっと、頭の回転が速いのだろう。

「うん」

「それが、いつの間にかなくなってた。こっちが甘いプレーをすると、全部、決めにかかってくる。それで練習効率が落ちたかっていうと、そうでもない。次はもっと厳しいコースに返そう、速いショットを打とう。そういうふうに、こっちの意識も変わった。結果的に、部全体のプレーの質が底上げされたんだ。もちろん、モチベーションも上がった」

町野くんは一度言葉を切って、少し柔らかい表情を浮かべる。

「あとからわかったんだが、航哉のプレーが変わったのは、甲斐と付き合い始めたころだった。こっそり理由を聞いたら、好きな人に胸張ってたいから、だそうだ。ちなみにこのことは、絶対に誰にも言うなって航哉に言われているので、ぜひとも秘密にしてほしい」

最後のひと言が、冗談なのかそうじゃないのか判別がつかなくて、私は笑うタイミングを逃してしまう。

「うん、わかった」

結局、真面目に答えてしまった私に、町野くんは、ふ、と表情を緩める。

「ありがとう、甲斐」

町野くんが頭を下げる。

「いや、私は……」

今、私が思った全部を上手く言葉にすることはできないけれど、ひと言にまとめるとするなら、それはきっと、こうなるはずだ。

「私の方こそ、ありがとう」

町野くんはきっと、私にとっての花蓮みたいに、航哉にとって親友なのだ。航哉が私に伝えたかったことを補足するために、わざわざ話しかけてくれたのだろう。

恋人だったとき、自分の存在が航哉の邪魔になってしまっているのではないかと思ったこともあった。忘れている記憶の中で思ったことも、何度もあっただろう。

『この恋が、間違いなんかじゃなかったってこと、証明するから』

だから今日、彼の宣言通り、私の恋が間違いなんかじゃなかったってことを、知ることができてよかった。

4

航哉の試合を観に行った翌日。満月の日がやってくる。

明日、私の記憶はどうなっているのだろう。まったく予想がつかなかった。

要人のことを、私はどう思っているのか。

偽物の恋人だとわかって接してきた私は、彼のことを本当の意味で好きになっているのだろうか。自分の心がスライムみたいにグニャグニャしていて、形が定まっていないような気がしていた。

花蓮と待ち合わせて、鷹羽自然公園に行く。

そこには要人がいて、私たちが近づくと、彼は振り向いた。

一週間ぶりに見る要人は、やっぱりどこか幻想的で、浮世離れしているように感じた。

「何してるの?」

「鳥を、観察してるんだ」

「鳥を……?」

このシチュエーションは記憶にないのに、どうしてだろう。懐かしさが、脳裏をかすめる。

『鳥を、観察してるんだ』

頭がズキ、と痛む。

同じような言葉を、昔どこかで聞いたような気がする。

今よりも少し幼い声。

「春奈。今から私たちは、春奈の昔のことを話そうと思う」

花蓮が言う。

「私の……昔のこと……？」

「うん。僕が初めて、春奈と会ったときのこと」

要人が初めて、私と会ったとき。それって――鷹羽高校に入ってからじゃないの？

だって、私は中学も別だし、習い事だってしていなかった。幼稚園のことは覚えていないけれど、学校の外で同い年の人と交流してきた記憶はないはずだ。

記憶がない……。それって、もしかして――。

「もしかすると、つらいことを思い出させてしまうかもしれない。だけど、僕は春奈に聞いてほしいと思ってる」

私にとって、要人はまだ、出会ってから一ヶ月も経っていない、偽物の恋人だ。だけど、私のことをちゃんと大事にしてくれていたことはわかる。だから、信じたいと思った。

「わかった。私も聞きたい」

そばに花蓮もいてくれている。

「じゃあ、話すね」

そうして要人から聞いた話は、私にとっては予想外で、だけどなぜか、懐かしい感覚に包まれた。

私が中学一年生のとき、要人と出会っていたこと。

要人が家族のことで悩みを抱えていたこと。

聞いているうちに、頭の痛みは酷《ひど》くなっていった。

だけど痛みに比例して、記憶の断片が戻ってきていた。

「春奈、大丈夫？」

隣に座る花蓮が、心配そうに私の顔を覗《のぞ》き込む。

「うん……。たぶん」

要人の話は、核心に迫る。

「春奈と会った最後の日の夜に、僕は春奈に相談をしたんだ」

「それって……家族の、こと？」

要人と花蓮は、驚いたように顔を見合わせる。

「うん。父親が、遠くに転勤することになって、それについて行くかどうかって話。思い出した？」

『父親の転勤が決まって、九州に行くかもしれない』

「思い出したような気がする。それで私は――」

そうだ。私は要人とまた会いたいと思っていて、離れ離れになるのが嫌で、わがままを言ってしまったんだ。あのときの私は、自分勝手だった。

「春奈は僕に、遠くに行ってほしくないって、言ってくれた」

『言ってくれた』んじゃない。そんなに重要なことを、私が勝手に決めることはできないのに……。

「それで、僕はこっちに残ることを決めたんだ」

そうだ。その夜、要人からのメッセージが届いたんだ。そのときのデータは、きっともう残っていないけれど、思い出すことはできた。

三森要人［こっちに残ることになったよ］

要人とまた会えるかもしれない。そう思って、私は喜んだ。だけど、そのあとに続く文章を読んだとき、私は頭を強く殴られたような衝撃を味わった。

三森要人［弟は父さんの転勤先についていくことになって、僕は母さんとこっちで暮らすことになった］

「私のせいで、要人の家族は、バラバラになっちゃったんだよね……。私、それがどうしても許せなくて」

要人から相談を受けたときは、単純に要人が遠くに行ってしまうのがさびしくて。私の言葉がきっかけで、要人の家族がバラバラになってしまうなんて、思っていなかった。

頭の痛みが、強くなる。

「違うんだよ、春奈」

要人の必死な、それでいて優しい声が、痛みを少し和らげた。

「違うって……何が?」

だって実際に、私の言葉がきっかけで、要人の家族は離ればなれになってしまったわけで……。

「離れて暮らすことにはなったけど、家族がバラバラになってしまったわけじゃないんだ」

「え?」

「あの日、僕は父さんと母さんに話した。こっちに残りたいって。自分の正直な気持ちを話すのは、すごく久しぶりだったから、緊張してたけど、春奈が『ちゃんと言わないと、伝わらないと思う』って言ってくれたから、話せたんだ」

たしかに、そんなことを言ったような気もする。

「僕は元々、こっちに残りたいって思ってた。その中には、春奈とまた会いたいって気持ちもあった。もし、僕もあのまま父さんの転勤先について行ってたら、それこそギクシャクしてたと思う。だから春奈のおかげで、家族がバラバラにならずに済んだんだ」

「私の、おかげで……?」

頭の痛みが、少し楽になる。

「うん。春奈のおかげで、僕は家族としっかり話し合えたんだ」

信じられなかった。

「父さんと弟は三年間、遠くに行ってたけど、今はこっちに戻って来てる。僕の家族はバラバラになんてなってないんだよ」

「そっか……よかった」

私が恋をしたせいで、要人が悲しい思いをしたんじゃないんだ。

気づくと、頭痛は治まっていた。

なんだか、抱え続けていた重い何かを、ようやく下ろせた気がする。

「春奈」

要人が私の名前を呼んだ。

湧き上がってくる愛おしい気持ちは、あのときの続きなのだろうか。

それとも――。

「待たせてごめん。もう絶対に、一人にしないから」

その言葉は、心に優しく染み渡っていって――。

目じりから、ひと雫《しずく》の涙がこぼれた。

エピローグ

「消えて……ない」

満月の日。本来なら記憶が消えているはずの朝。

私は何も忘れていなかった。五十嵐航哉のことも、三森要人のことも。

もちろん、私が恋をしていなかっただけという可能性もある。だけど、いつもとは明らかに違う感触があった。

濱口先生に連絡して、急遽《きゅうきょ》、診てもらうことにする。

「……治ってる。何があったか、聞かせてもらってもいい？」

「はい」

私は昨日、失っていた記憶を取り戻したことを濱口医師に話す。

「たぶん、それが原因ね」

私の勘違いという、なんとも間抜けな結末だったけれど、恋をしていた誰かが犯罪に巻き込まれたとか、ドロドロの三角関係に巻き込まれたとか、そういう話じゃなくてよかったとも思う。

「うん、よかった。まだ様子を見たいから、もう少し定期的に通院はしてほしいけど、ひとまずおめでとう」

「ありがとうございました」

「あと、これは全然医者としての言葉じゃないんだけど——」

濱口先生は一度そこで言葉を切る。

「自分の気持ちを大切にしてね」

初めて見る、彼女の柔らかい笑み。

「自分の気持ち……ですか？」

「あなたは少し、他人のことを優先してしまう傾向があるから」

「そう……ですね。気をつけます」


航哉と花蓮に、忘恋病が治ったという報告をしたところ、二人とも喜んでくれた。要人にもそのことを伝えたところ、電話がかかってきた。

彼は〈無事に治ったみたいで、安心した〉と口にしたあと、こう言った。

〈今日って、会えたりする？〉

予想外の誘いに戸惑いつつ、私は答える。

「うん。このあとは特に用事ないし」

〈じゃあ、会いに行くね。伝えたいことがあるから〉

「……わかった」

何を言われるのか、予想はできていた。心の準備くらいはしておきたいので、少しだけ時間をもらった。


夜の鷹羽自然公園を、私たちは並んで歩く。

「記憶、本当に消えてないの？」

「消えてないよ」

「モンブラン食べたことも？」

「覚えてる」

「こうして、手をつないだことも？」

要人が私の手を握る。体温が伝わってきて、心臓が動きを激しくする。

「……うん」

「じゃあ、一緒に富士《ふじ》山に登ろうって約束したことも？」

「……そんな約束、してないよね」

「バレたか」

楽しそうな要人の声に、緊張が緩んだ。

「ちなみに、この場所は覚えてる？」

少し高い場所にあり、広いスペースが見渡せるようになっているベンチの前で、要人が言う。

「私たちが、初めて出会った場所だよね」

「うん。もう、四年以上前だね」

要人がベンチに座り「春奈も座って」と言うので、その通りにする。

そして、彼はこう告げた。

「改めて言わせてほしい。春奈のことが、ずっと好きだった。あの日から、春奈のことを忘れたことなんてなかった」

真剣な瞳《ひとみ》に真っ直ぐ射貫かれて、身動きが取れなくなった。全身が熱くなって、喉《のど》が渇く。

「……えっと、ありがとう」

それは、私が受け取るにはもったいなさすぎる言葉のような気もするけれど、嬉《うれ》しいという気持ちもたしかにあった。

「先月の僕たちの関係は偽物だったかもしれないけれど、僕が言ったことに、一つも嘘はない」

「うん。すごく……嬉しい」

上手《うま》く言葉が出てこない。顔が赤くなっているのがわかる。暗くてよかった。

「本物の恋人になってほしい。返事は、すぐじゃなくて大丈夫。色々なことがあったのに、悩みごとを増やしてごめん。でも、どうしても伝えたかったから」

彼らしいストレートな言葉に、胸が温かいもので満たされる。

新しい恋に不安もあった。

だけど——恋をちゃんと積み重ねていけることが、楽しみでもある。

私は夜空を見上げる。

満月から一日が過ぎて、ほんの少しだけ欠けた綺麗《きれい》な月が浮かんでいた。
この月が欠けて、また満ちても、私の恋はもう消えない。

あとがき

初めまして。もしくは、いつもありがとうございます。蒼山皆水《あおやまみなみ》と申します。

長編を出すのも三回目、つまりあとがきを書くのも三回目となりました。

私があとがきに慣れてきたと思ったら大間違いです。何度経験しても慣れないものが、この世界にはたくさんあります。

例えば、健康診断の採血。思い出しただけでも気持ち悪くなってきます。

例えば、新宿駅での乗り換え。東京の駅はどうしてあんなに複雑なのでしょう。

例えば、確定申告。これ去年も調べたな……と思いつつ、毎年なんとか乗り切っています。

あとがきも、そんな〝何度経験しても慣れないもの〟の一つです。幸せを噛《か》みしめながら、これからもたくさんあとがきを書けるように頑張っていきたいと思っています。

さて、今回の作品『満月がこの恋を消したとしても』は、恋をする少年少女の群像劇となっております。

満月の夜に恋の記憶だけがリセットされる少女、甲斐春奈を中心に、四人の男女それぞれの視点で、それぞれの恋の物語を紡ぎました。

恋愛に対する価値観は様々です。自分よりも相手を大切にすることが恋なら、たとえ振り向いてくれなくても、その人のことを一途《いちず》に想い続けることも恋で、気持ちがから回って、相手を傷つけてしまうことも恋だと思います。

そんな様々な形の恋の物語を、楽しんでいただければ幸いです。

担当さま。編集者目線と読者目線の両方で、的確すぎるアドバイスをたくさんいただきました。おかげさまで本作の面白さは五百倍くらいになったと思います。ありがとうございます。

表紙イラストを担当してくださったメレさま。とても素敵なイラストを描いていただきました。今もイラストを見返してニヤニヤしながらこの文章を書いています。きっとたくさんの方が、表紙に惹《ひ》かれてこの本を購入してくださったことでしょう。ありがとうございます。

日ごろから仲良くしてくださっている創作仲間の皆さま。執筆中に「もう無理だよ～」「小説って何～？」「これ本当に面白いの？」と、くよくよしてしまう私を「だいじょぶだいじょぶ！」「焼き肉おごってください」「きっと面白いよ！」と、半ば適当に励ましてくださり、ありがとうございます。でも焼き肉はおごりません。

そして、この本を読んでくださったすべての方。ありがとうございます。

またどこかでお会いできることを、心より願っております。

蒼山皆水

本書は書き下ろしです。

イラストレーション　メレ
ブックデザイン　モンマ蚕（ムシカゴグラフィクス）

満月《まんげつ》がこの恋《こい》を消《け》したとしても

2023年12月4日　初版発行

著者／蒼山皆水《あおやまみなみ》

発行者／山下直久

発行／株式会社KADOKAWA
〒102-8177　東京都千代田区富士見2-13-3
電話 0570-002-301（ナビダイヤル）

印刷所／旭印刷株式会社

製本所／本間製本株式会社

●お問い合わせ
https://www.kadokawa.co.jp/（「お問い合わせ」へお進みください）
※内容によっては、お答えできない場合があります。
※サポートは日本国内のみとさせていただきます。
※Japanese text only

定価はカバーに表示してあります。

ISBN 978-4-04-114019-2　C0093